名家讲古诗（插图本）

《文史知识》编辑部 编

中华书局

图书在版编目(CIP)数据

名家讲古诗:插图本/《文史知识》编辑部编. —北京:中华书局,2016.8
ISBN 978-7-101-11275-7

Ⅰ.名… Ⅱ.文… Ⅲ.古典诗歌-诗歌研究-中国 Ⅳ.I207.22

中国版本图书馆 CIP 数据核字(2015)第 237521 号

书　　名　名家讲古诗(插图本)
编　　者　《文史知识》编辑部
责任编辑　刘淑丽
出版发行　中华书局
　　　　　(北京市丰台区太平桥西里 38 号　100073)
　　　　　http://www.zhbc.com.cn
　　　　　E-mail:zhbe@zhbc.com.cn
印　　刷　北京瑞古冠中印刷厂
版　　次　2016 年 8 月北京第 1 版
　　　　　2016 年 8 月北京第 1 次印刷
规　　格　开本/787×1092 毫米　1/32
　　　　　印张 9¾　字数 120 千字
印　　数　1-6000 册
国际书号　ISBN 978-7-101-11275-7
定　　价　30.00 元

目　录

3

7

.

轻轻一句，遂为千古绝唱

——荆轲《易水歌》 林庚

风萧萧兮易水寒，

壮士一去兮不复还。

荆轲以此得名，而短短的两句诗乃永垂于千古。在诗里表现雄壮的情绪之难，在能令人心悦诚服，而不在嚣张夸大；在能表现出那暂时感情的后面蕴藏着的更永久普遍的情操，而不在那一时的冲动。大约悲壮之辞往往易于感情用事，而人在感情之下便难于辨别真伪，于是字里行间不但欺骗了别人，而且也欺骗了自己。许多一时兴高采烈的作品，事后自己读起来也觉得索然无味，正是那表现欺骗了自己的缘故。《易水歌》以轻轻二句遂为千古绝唱，我们读到它时，何尝一定要有荆轲的身世。这正是艺术的普遍性，它超越了时间与空间，而诉之于那永久的情操。

"萧萧"二字诗中常见。古诗"白杨多悲风，萧萧愁杀人"，所以"风萧萧"三字自然带起了一片高秋之意。古人说"登山临水兮送将归"，而这里说"壮士一去兮不复还"，它们之间似乎是一个对照，又似乎是一个解释，我们不便说它究竟是什么，但我们却寻出了另外的一些诗句。这里我们首先记得那"明月照积雪"（谢灵运《岁暮》）的辽阔。

"明月照积雪"，清洁而寒冷，所谓"琼楼玉宇，高处不胜寒"（苏轼《水调歌头》）。《易水歌》点出了"寒"字，谢诗没有点出，但都因其寒而高，因其高而更多情致。杜诗说"风急天高猿啸哀"，猿啸为什么要哀，我们自然无可解释。然而我们没看见"朔风劲且哀"吗？朔风是

荆轲刺秦王

北风，它自然要刚劲无比，但这个"哀"字却正是这诗的传神之处。那么壮士这"一去"又岂可还乎？"一去"正是写一个"劲"字，"不复还"岂不又是一个"哀"字？天下巧合之事必有一个道理，何况都是名句，何况又各不相关。各不相关而有一个更深的一致，这便是艺术的普遍性。我们每当秋原辽阔，寒水明净，独立在风声萧萧之中，即使我们并非壮士，也必有壮士的胸怀，所以这诗便离开了荆轲而存在。它虽是荆轲说出来的，却属于每一个人。"枯桑知天风，海水知天寒"（*汉乐府《饮马长城窟行》*），我们人与人之间的这一点相知，我们人与自然之间的一点相得，这之间似乎可以说，又似乎不可以说，然而它却把我们的心灵带到一个更辽阔的世界去。那广漠的原野乃是生命之所自来，我们在狭小的人生中早已把它忘记，在文艺上乃又认识了它，我们生命虽然短暂，在这里却有了永生的意味。

专诸刺吴王僚

专诸刺吴王，身死而功成；荆轲刺秦王，身死而事败。然而我们久已忘掉了专诸，而在赞美着荆轲。士固不可以成败论，而我们之更怀念荆轲，岂不因为这短短的诗吗？诗人创造了诗，同时也创造了自己，它属于荆轲，也属于一切的人们。

通训诂 明诗旨

——《诗经·关雎》

吴小如

关关雎鸠，在河之洲。
窈窕淑女，君子好逑。

参差荇菜，左右流之。
窈窕淑女，寤寐求之。
求之不得，寤寐思服。
悠哉悠哉，辗转反侧。

参差荇菜，左右采之。

窈窕淑女，琴瑟友之。

参差荇菜，左右芼之。

窈窕淑女，钟鼓乐之。

1

近年赏析之风颇为流行，但我认为这类文章并不好作。尤其是讲《诗三百篇》中的作品，首先须通训诂，其次还要明诗旨。因为风、雅、颂距今已远，其可赏析处往往即在字、词的训诂之中。加以旧时奉《三百篇》为经典，古人说诗每多附会；不明诗旨便如皓天白日为云霾笼罩，必须拨云见日，始能领会诗情。这里姑以《关雎》为例而申说之，惟不免贻人以老生常谈之讥耳。

时至今日，大约没有人再相信《毛诗序》所谓"《关雎》，后妃之德也"一类的话了。说《关雎》大约是经过加工的一首民间恋歌，恐怕不会去事实太远。但齐、鲁、韩三家（包括司马迁、刘向）说此诗，都以为它意存讽刺。这又该作何解释？另外，古人很强调"四始"说（即《关雎》

睢　鸠

为"风"之始,《鹿鸣》为"小雅"之始,《文王》为"大雅"之始,《清庙》为"颂"之始),认为把《关雎》列为十五国风的第一篇,是有意义的,并非编排上偶然形成的结果。这些都需要我们作出说明。

我以为,无论今文学派的齐、鲁、韩三家诗也好,古文学派的《毛诗》也好,他们解诗,都存在两个问题:一是不理解绝大多数"国风"是民歌,而是把每一首诗都拉到帝王、后妃或列国诸侯的君、夫人身上；二是把作诗的本意和后来的引申意混同起来。三家诗看到《关雎》中有"求之不得，寤寐思服。悠哉悠哉，辗转反侧"的话，便扯到周康王身上，说诗意是讽刺他"失德晏起"，正如司马迁在《十二诸侯年表序》中所说："周道缺，诗人本之衽席，《关雎》作。"而后来的《毛诗》为了同三家诗唱对台戏，一反今文家法，大讲"后妃之德"云云，目的在于说它不是刺诗而是赞美之辞。如果我们认识到十五国风中确有不少民歌，并排除了断章取义的方式方法，则三家诗也好，《毛诗》也好，他们人为地加给此诗的迷雾都可一扫而空，诗的真面目也就自然显露出来了。

至于把《关雎》列为"国风"之始，我以为这倒是人情之常。古人原有这样的说法，认为《三百篇》所以被保存下来，乃由于它们是能歌唱的乐章而于诗义无涉，故有些讽刺诗或大胆泼辣的爱情诗也没有被统治阶级删除淘汰。我则以为，从《三百篇》的内容看，总还是先把各地的诗歌搜集起来然后为它们配乐，所配之乐，必不能丝毫不关涉诗的内容，而任意用不相干的乐谱去牵合。《关雎》之所以为"风"之始，恐怕同内容仍有关联。由于诗中有"琴瑟友之""钟鼓乐之"的词句，很适合结婚时歌唱，于是就把它配上始而缠绵悱恻、终则喜气洋洋的乐调，而沿用为结婚时的奏鸣曲。盖因恋爱而"寤寐思服""辗转反侧"乃人之常情，故虽哀而不伤（"哀"有动听感人的意思）；夫妇结婚原属正理，君子淑女相配并不违反封建伦常，故虽乐而不淫。这样，自然就把它列为"国风"之首了。直到今日，我们遇到喜庆节日，也还是要唱一些欢快热闹的歌，奏一些鼓舞人心的曲子，取其顺心如意。这并不是什么迷信，而是同喜庆节日的气氛相适应。如果办喜事时奏哀乐唱悼亡诗，撇开吉利与否的迷信观点不谈，至少产生败兴和煞风景的反效果，总是招人憎厌的。《三百篇》的乐章既为统治阶级所制定，当然要图个吉利，把体现喜庆气氛的作品列于篇首。这不仅符合他们本阶级的利益，即从人情之常来讲，也是理当如此。

2

从古以来,《关雎》就有两种分章的方式。一种是每四句为一章,全诗共五章。另一种是分为三章,第一章四句,第二、三章各八句。从文义看,我倾向于第二种分法。第一章是总述,态度比较客观;第二、三章则从男主人公方面落笔,先说他在未得淑女时思念之苦,连觉也睡不着;然后再说他求得淑女与之成婚以后,他将千方百计同她鱼水和谐,使她心情欢乐舒畅。如果说第二章近于现实主义的描写,那么第三章便带有浪漫主义情调,抒情主人公乃为爱情获得成功的美好前景而陶醉了。

讲到这首诗的表现形式,历来也有两种意见。即在赋、比、兴几种表现手法中,有人认为"关关雎鸠"两句和"参差荇菜,左右流之"等描写是比兴,由河洲的禽鸟和水中的荇菜"兴"起君子求淑女的愿望,这就是诗的主题。另一种意见则认为此诗干脆自始至终都是"赋"。而说它的手法是"赋"的,又有两种解释。一是古人旧说,认为采荇菜的活动本是贵族妇女（包括后妃以及嫔妾）应做的"本职工作"，所以是"赋"；二是今人新说，认为这是一首写实的情歌，小伙子看上了河上采荇菜的劳动少女，于是表示了爱慕之情，无论"雎鸠"的鸣声也好，采荇菜的场面也好，都是"君子"身临其境、耳闻目见的，当然属于"直陈其事"的"赋"了。这些说法都能言之成理，读者不妨互参。

不过如让我讲这首诗，我倒比较倾向于"比兴"说。所谓比兴手法，特别是"兴"，并不是诗人在实际生活之外凭空找来点什么填塞入诗，而是以即目所见、倾耳所闻的当前实际景物做为抒发思想感情的媒介，顺带着产生了联想。我们可以承认"关关雎鸠，在河之洲"是诗人眼前实景，但这一对在河洲上互相依偎着一唱一和的水鸟，自然会引起未婚青年男子迫切寻找淑女以为配偶的强烈意愿。诗人在选择诗料时单单看中了"关关雎鸠"，这本身就体现了"比兴"的作用，否则诗人为什么不写别的呢？换言之，也只有写互相鸣和的一对水禽才与这首诗的主题合拍，才算得上典型化。如果硬把它限制在

荇　菜

"赋"的框框里，反倒近于自然主义的解释了。

　　我把"参差荇菜，左右流之"以及"采之""芼之"也讲成比兴手法，是以字、词的训诂为依据的。古人大都把"流""采""芼"讲成同义词，即都有"寻求""采摘"和"择取"的意思。"流"之训"求"，从西汉的刘向（他是治《鲁诗》的）、东汉的高诱（说详见《吕氏春秋注》）

到清代的马瑞辰（著有《毛诗传笺通释》），都有考证，而且比较可信。比如《说苑》中《越人歌》的汉译就有一句"搴流中洲"（这一句是经过校订的），这里的"搴流"即为同义复合词，"搴"和"流"都作采摘讲。可是朱熹的《诗集传》则兼用"流"字本义，认为这句是指顺着流水去择取荇菜。此说虽遭清人（如姚际恒）非议，我倒觉得朱熹的讲法是从实际生活出发的。至于"芼"，旧注亦训"择"，朱熹却据董逌《广川诗故》解"芼"为"熟而荐之"。我觉得此解亦近理。在现代汉语特别是北京方言中，我们经常还听到用沸滚水把菜蔬"芼"（mào）一下的说法。即等水烧开后把生的菜放进去，"芼"之使熟，随即捞出。由此可见，荇菜的从"流"到"采"，从"采"到"芼"，是循序渐进的过程。"左右"本指人的左右手，引申为左右两边。人们劳动，大抵双手兼用，尤其是采摘或捧掬菜蔬的时候，总是左右手同时并举。这也属生活常识，无劳辞费。

训诂既明，然后讲诗。荇菜之被采摘，犹淑女之被君子所选中。开始采时，在水中左一把右一把，顺水捞来捞去，方向无定；一似男之求女，一上来还没有找到明确目标，只能慢慢物色，宛如在水中寻求中意的荇菜。及至"采"时，则目标已明，看准后便采到手了。既采之后，就要"芼"它一下，使之成为可食之物，亦即是说只等婚期一到，共同生活便将开始了。我所以把它讲成比兴，正是从字、词的训诂上体会出来的。

3

下面简单谈谈这首诗的艺术特点。此诗言切而意婉，尤其是第三章，男主人公对所思女子真是设想得体贴入微，关怀备至。第一章"窈窕淑女"二句，直往直来，连个小弯儿也不拐。但从第二章起，细节描写增多了，小伙子由于"寤寐思服"，彻夜翻来覆去，睡不踏实，这确是真情流露。越睡不安稳，越是心潮起伏。而人在恋爱时总是好往乐观处想，于是他想到将来结婚时场面多么热闹，婚后感情多么融洽和谐，生活多么美满幸福。这一切遐想，都是从"悠哉悠哉，辗转反侧"的失眠中幻化出来的。虽说是主观的一厢情愿，却并非可望而不可即。后来的剧作家代剧中人立言，说"愿天下有情人终成眷属"，反嫌说得太露；而《关雎》的作者却以丰富而圆满的想象来填充眼前无可排遣的相思，这真是"乐而不淫，哀而不伤"了。难得的是，这乃属于典型的东方式的、我国传统的正常恋爱观，即他所盼望的是同淑女成为夫妇（用"好逑"字样可证），而不仅仅是做为情侣（这同《郑风》里的作品就不同了），这固然有封建统治阶级的烙印，却也体现了汉民族的传统特色。

1950年，我曾在大学里教过一年《毛诗》专题课，承废名师（冯文炳先生）把他的讲义手稿惠借给我，其中讲《关雎》的一段居然幸存至今，谨转录于下，即做为这篇小文的结束：

"兴"是现实主义的技巧，是不错的。这首诗即河洲之物而起兴，显见为民间产物；采荇尤见出古代劳动人民的生活（可能是女性）。我们对于采荇不免陌生，但采莲蓬、采藕、采菱的生活我们能体会。

先是顺流而取，再则采到手，再则煮熟了端上来。表示虽然一件小小事情也不容易做（正是劳动的真精神），这就象征了君子求淑女的心情与周折。等到生米煮成熟饭，正是"钟鼓乐之"的时候了，意味该多么深长！同时这种工作是眼前事实，并非虚拟幻想，一面写实一面又象征，此所以为比兴之正格，这才是中国诗的长处。后妃固然主德，但后妃哪里梦见"采荇"的乐趣，也未必看得见"雎鸠"的比翼双飞。不过采诗入乐，"太师"的眼光总算够好的。可惜古人不懂得"向人民学习"罢了。

小如按：此段文字乃转摘自我的一份劫后残存的讲稿中，当时是把先生的意思做为自己的话写下来的，因此可能与原文略有出入，读者鉴之。

动人的思乡之歌

——《诗经·河广》

程俊英

谁谓河广？一苇杭之！

谁谓宋远？跂予望之！

谁谓河广？曾不容刀！

谁谓宋远？曾不崇朝！

《河广》是一首动人的思乡之歌。作者
是春秋时代侨居卫国的宋人。这位离开家乡、
栖身异国的游子，由于某种原因，虽然日夜

苦思归返家乡，但终未能如愿以偿。当时卫国都城在河南朝歌，和宋国只隔一条黄河。诗人久久伫立在河边，眺望对岸自己的家乡，唱出了这首诗，发抒胸中的哀怨。

《河广》是《诗经》中的短诗之一，仅仅八句，就概括地速写了一位游子思乡的形象，和他欲归不得的迫切心情，栩栩如生。诗人到底用什么语言、艺术手法来塑造形象呢？全诗不过二章，每章四句，却有四种修辞格交错着。"谁谓河广""谁谓宋远"是设问的辞格，意思说，黄河并不广，宋国并不远呀。特别是一开头就提出问题，使听者被这飘忽而来的提问所感染，从而去思考诗人的情绪为什么如此激昂。接着，诗人自己回答了："一苇杭之""曾不容刀"（杭，通航，渡过。刀，通舠，小船）。黄河的河面那么狭，只用一束芦苇就可以渡过去了，它连一只小船都容不下呢！我们知道，黄河实际上还是比较广阔的，这里极言黄河的狭窄易渡，是夸张的写法。同样，"跂予望之""曾不崇朝"（崇，同终。终朝，从天明到吃早饭时候），也是夸张的修辞，是极力形容由卫至宋归家路途之近，踮起脚跟就能望见，不须一个早上就能到达家乡，岂不是近在咫尺吗？

在短短的八句诗里，就有四句运用夸张的语言。朱熹《诗集传》说："诗人极言河小，意谓宋近也。"他道出了本诗运用夸张语言的特色。夸张是一种言过其实的艺术手法，《文心雕龙·夸饰篇》说："故自天地以

朱熹《诗集传》书影

降，豫入声貌，文辞所被，夸饰恒存。……是以言峻则嵩高极天，论狭则河不容舠；说多则子孙千亿，称少则民靡孑遗；襄陵举滔天之目，倒戈立漂杵之论。辞虽已甚，其义无害也。"刘勰把《河广》列入夸张的修辞格，并指出夸张的特点是言过其实，完全正确。夸张是反映真实，但这种真实，是艺术上的真实，不是事实上的真实。正如李白的"白发三千丈"，杜甫的"白头搔更短"，也是

19

陈奂《诗毛氏传疏》书影

艺术的真实，它们和"曾不容刀"，都无害于诗篇的思想意义，所以刘勰说"于义无害"。

夸张是诗人的形象思维，在诗人主观上说，如果"辞不过其意则不畅"（汪中《述学·释三九》），不夸大其辞，诗人就不能痛快淋漓地抒写其思乡之情。在客观上说，能使"听者快其意，惬于心"（王充《论衡·艺增篇》）。

它确实具有语语如在目前和一种诱人快意的美感。

《河广》诗人不但运用设问与夸张的语言加以渲染，而且还以排比、迭章的形式来歌唱。通过这样反复问答的节奏，就把宋国不远、家乡易达而又思归不得的内心苦闷倾诉出来了。我们今天吟诵这首诗，就像是脱口而出，没有丝毫矫揉造作之态，好像现在顺口溜的民歌一样，通俗易懂。但又觉得它好像有一种言外之意，弦外之音：宋国既然"近而易达"，那么，他为什么不回去呢？这当然有其客观环境的阻力存在，不过这是诗人难言之隐，诗中没有明说罢了。这种"无声胜有声"的艺术魅力，是会引导读者产生各种猜想和回味的。王国维《人间词话》评宋白石道人词，无"言外之味，弦外之响"。今天我们读《河广》诗，对王氏的评语的体会，更加深切了。

旧说《河广》是宋桓夫人所作，《毛序》："《河广》，宋襄公母归于卫，思而不止，故作是诗也。"按，宋襄公母即宋桓公夫人，卫戴公、文公、齐子（嫁齐桓公）、许穆夫人（《载驰》作者）的姊妹。她被宋桓公遗弃，回到娘家卫国。《毛序》认为《河广》是宋桓夫人思子之作。

陈奂《诗毛氏传疏》说："当时卫有狄人之难，宋襄公母归在卫，见其宗国颠覆，君灭国破，忧思不已；故篇内皆叙其望宋渡河救卫，辞甚急也。未几，而宋桓公逆诸河，立戴公以处曹，则此诗之作，自在逆河以前。《河广》作而宋立戴公矣，《载驰》赋而齐立文公矣。《载驰》许诗，《河广》宋诗，而系列于《庸》《卫》之风，以二夫人于其宗国皆有存亡继绝之思，故录之。"陈奂认为，《河广》是宋桓夫人希望宋桓公渡河救卫的诗，和《毛序》稍有不同。《毛序》的说法有什么根据，不得而知。至于陈奂，虽言之凿凿，但今人多不信其说。录此作为参考。

怨刺西周王室的诗歌

——《诗经·大东》

程俊英

有饛簋飧，有捄棘匕。

周道如砥，其直如矢。

君子所履，小人所视。

睠言顾之，潸焉出涕。

小东大东，杼柚其空。

纠纠葛屦，可以履霜。

佻佻公子，行彼周行。

既往既来，使我心疚。

有冽氿泉，无浸获薪。

契契寤叹，哀我惮人。

薪是获薪，尚可载也。

哀我惮人，亦可息也。

东人之子，职劳不来。

西人之子，粲粲衣服。

舟人之子，熊罴是裘。

私人之子，百僚是试。

或以其酒，不以其浆。

鞙鞙佩璲，不以其长。

维天有汉，监亦有光。

跂彼织女，终日七襄。

虽则七襄，不成报章。

睆彼牵牛，不以服箱。

东有启明，西有长庚。

有捄天毕，载施之行。

维南有箕，不可以簸扬。

维北有斗，不可以挹酒浆。

维南有箕，载翕其舌。

维北有斗，西柄之揭。

《大东》是周代东方诸侯小国怨刺西周王室诛求无已、劳役不息的诗。《毛序》认为谭国大夫所作，或有所据。从诗的内容看来，作者可能是一位精通星卜的文人。他过去原是东方的贵族，后来遭受西周王室的强迫劳动和残酷搜刮，实质上已沦为西人的奴隶。因此，他较一般劳动人民更富有文化知识。由于地位的转变，他思想感情也随着转变了；借着歌唱来揭露、批判统治者的罪恶，提出沉痛的控诉，发泄其怨愤之情。

诗中鲜明地塑造了两个形象：一个是残酷、贪婪、骄奢的西人剥削者形象，一个是被榨取、被奴役、被压迫得透不过气来、对西人满怀仇恨的东人形象。诗通过这两个典型形象的刻画，深刻地反映了君子与小人两个阶级的对立。首先，以西周通往东国的那条公路为线索，写出他们的对立形象。周人是通过此公路剥削致富的，"佻佻公子，行彼周行。既往既来"，十分得意。而东人视此公路，就会"潸焉出涕"，"使我心疚"；因为弄得他们"杼柚其空"，冷天还要穿着夏天的破麻鞋劳动，财力俱困。这些都和这条公路分不开。诗人运用排偶的句子，对比的手法，展示了一幅贫富悬殊、苦乐不均的生活图画：一方面是"西人之子，粲粲衣服"，"舟（郑笺：当作周。声相近也）人之子，熊罴是裘（郑笺：裘，当作求）"，吃好酒，佩宝玉，骄奢淫佚，纵情享乐；而另一方面是"东人之子，职劳不来"，"私人（家庭奴隶）之子，百僚（百仆）是试"，吃不上薄酒，挂不上杂佩，什么事都要做，得不到丝毫的慰抚和利益。

这幅对比图，不但反映了宗主国与诸侯小国的矛盾，也反映了统治者与人民的矛盾。据后人考证，《大东》的写作年代当在周幽王时。幽王是西周末的昏君，信奸邪，宠褒姒，增赋税，重刑罚；且霸占贵族的田地和人民。《瞻卬》诗人讽刺地说："人（指贵族）有土田，女（同汝，指幽王）反有（侵占）之；人有民人，女覆夺之。"幽王的亲信皇父，上行下效，照章办理，掠夺同事的房屋田产，强迫他劳动。《十月之交》的诗人怨恨地说："抑此皇父，岂曰不时？胡为我作（郑笺：汝何为役作我），不即我谋？彻我墙屋，田卒（尽）污莱。曰予不戕，礼则然矣（郑笺：下供上役，其道当然。言文过也）。"可见《大东》一诗所反映的贵族破产，被王朝当牛马般使用的情况，结合《诗经》中贵族讽刺诗来看，是具有普遍性的。不过，这比《瞻卬》《十月之交》诗人所抒写的现实生活，更具体更深刻罢了。

《诗经》中的赋、比、兴表现手法，这首诗都用到了。兴是启发，是诗人即事起兴、触景生情的歌唱，它多居于章首，故亦名发端。兴主要起着塑造诗中中心人物形象和突出诗的主题的作用。诗第一章开首两句"有饛簋飧，有捄棘匕"，《说文》："饛，盛器满貌。"有饛，即饛饛，满满的意思。簋(guǐ)是古代贵族盛黍稷的碗。有捄(qiú)

利 簋

即捄捄，弯弯。棘匕，是红木制的匙子。这些食具，都是当时贵族用的。诗人看见家中的故物，联想到今日降为"小人"后生活的痛苦，不免伤心流泪。陈奂称它为"陈古而言今"的兴法。诗中巧妙地塑造了诗人"今不如昔"的感伤情绪，贯串着本诗的主要内容；也反映了他原是一位贵族的身份。"如砥"与"如矢"是比。比是比喻，它在诗篇中仅联系局部，在一句或两句中起作用。如《卫风·硕人》，诗人用"肤如凝脂"比女子的皮肤。诗人看见女子皮肤的洁白，就用过去认为洁白凝冻的猪油来比拟它，这个用来作比的东西，仅仅联系句中被比的东西。如砥、如矢，也是如此。所不同者，诗人以具体的砥、矢比喻描绘"周道"的抽象的平直，使它形象化了。

章末四句是赋，赋是铺叙，是直述法，诗人将本事或思想感情，平铺直叙地表达出来。"履"和"视"二字，透露了君子与小人对这条公路的两种不同的观感。诗人看看昔时的碗匙，看看今日的公路，不禁"潸然泪下"。此景此情，物我交融，千载之下，沁人心脾。

第三章，诗人以获薪不能让水浸湿，比喻东人不堪再受摧残。刚砍下的柴棍，还可用车子装载使用，比喻劳苦的东人也可以让他休息使用。以"获薪"和"惮人"（劳人）对比，以见人不如物，这是多么沉痛的呼声！

从第五章后四句起至末尾，是诗人仰观天象、触景掳情之作。这些天汉、织女、牵牛、长庚、天毕、北斗、南箕等形象，都是比喻象征西周剥削者的，是诗人思想感情和艺术手法的统一体，所以兴中有比，比中有赋。除这里所列举者外，其余都是赋，赋中有对比，如二章和四章。这种赋、比、兴的错综运用，使形象更鲜明，诗的思想意义更深刻。说明诗人对这些手法的运用，已经是得心应手，非常熟练了。

方玉润《诗经原始》说："诗本咏政赋烦重，人民劳苦。入后忽历数天星，豪纵无羁，几不可解。"其实，诗前半

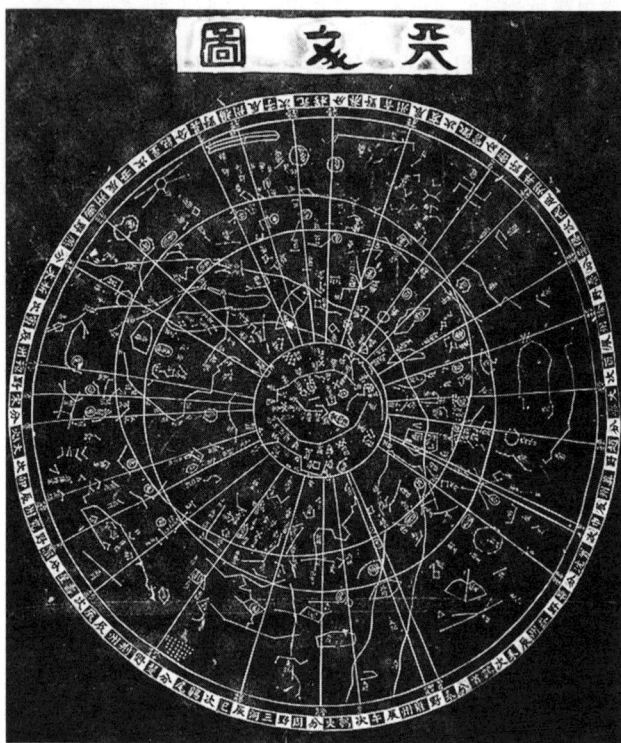

天文图（苏州石刻）

段的创作方法主要是现实主义的，后半段的创作方法是浪漫主义的，不过诗人不自觉罢了。当他面对社会上人压迫人的不合理现实而仰观星象的时候，不禁有感于怀，展开了幻想的翅膀，把自己的怨愤诅咒之情，移加到繁星上去，更进一步地刻画出有名而无实的贪婪的吸血者的形象。天汉闪闪发光，但照不到人影，不能起水镜的作用。东方的启明，西方的长庚，有助日之名，而无实光。我们被周人搜刮得"杼柚其空"，一天更位七次的织女，也看不到有丝毫劳动产品做出来。牵牛不能供我驾车之用，毕星不能助我猎兔之劳。形状像簸箕的箕星，能供我簸扬糠粃吗？形状像斗的北斗，能供我舀酒浆吗？它们高高在上，都不能解除东方人所受的痛苦。

所有这一切天上的繁星，都变成了地上剥削者的投影，是象征拟人的，幻想式的，浪漫主义的，但有作者深厚的现实生活的基础。不仅如此，这些星象简直是嗜血成性的吃人者的形象。作者仔细观察，感到箕星拖着它的舌头，好像张嘴要吃人；斗星则高举其柄，好像要不断榨取东人的血汗。诗人骂到这里，那种惊弓之鸟似的内心活动，使歌唱戛然而止，引导读者进入"环譬以托讽"的艺术境界，真是言有尽而意无穷，耐人寻味。所以我们说，《大东》这首诗，已经含有现实主义与浪漫主义相结合的创作方法的因素。

《大东》诗人头脑清新，眼光敏锐，善于观察客观事物，看出了当时社会上君子与小人、东人和西人的阶级压迫与生活悬殊，从描写社会上一个侧面现象看到它的本质。这对二千五百年前西周时代的旧贵族来说，确实是难能可贵的。但是，他的性格，仍旧带有贵族软弱的气息，心忧爱哭。他又是一位多才多艺的知识分子，能够选择诗歌的艺术形式，发泄胸中郁积的不平。熟练地运用赋、比、兴的表现手法和丰富准确的语言，倾诉疾恶如仇的情绪；不自觉地运用两结合的创作方法，抒写"思与景偕"富于艺术魅力的不朽诗篇。其悲凉慷慨之音，使千载之下的人们深受感动，作为自己写作的典范。

有人说，后世李白的歌行，杜甫的长篇，悉脱胎于此。其实，战国时期伟大诗人屈原的作品，早已闪烁着两结合创作方法的光芒，可见《大东》对后世诗坛影响的深远了。

最难消遣是黄昏

—— 《诗经·君子于役》

刘跃进

《诗经》中的《王风·君子于役》以描写细腻、想象丰富而久为世人传诵：

君子于役，不知其期。

曷至哉？

鸡栖于埘，日之夕矣，羊牛下来。

君子于役，如之何勿思！

君子于役，不日不月。

曷其有佸？

鸡栖于桀，牛羊下括。

君子于役，苟无饥渴！

君子，是诗中女主人公自称其夫，这正像杜甫《新婚别》中女主人公反复称"君"一样，流露出的是一种依恋不舍、沉痛迫肠的情怀。于役，犹言行役在外。从"不知其期"数句便可以推想，丈夫行役有年，至今仍然不知归期。

头三句，"君子于役，不知其期，曷至哉？"以近乎散文的句式发端立义，粗略地状绘出了女主人公的处境、心情，给读者留下了最初的印象。"君子"为何而行役，是兵役，还是劳役？诗人似乎有意避而不答，在下三句中接以纯粹的写景句："鸡栖于埘，日之夕矣，羊牛下来。"埘，是指凿墙做成的鸡窝。这样写，表面看来似乎是将女主人公的愁绪轻轻地荡开了，但设身处地一想，才知道这实际上是更深沉地表达出了女主人公的愁情。太阳渐渐地西沉了，鸡进窝了，牛羊也都回来了。甚至我们

宋·李迪《风雨牧归图》（局部）

还可以影影绰绰地看到，外出的人也都陆陆续续地回到了自己的家中。在那静谧的黄昏景色中，仿佛又透露出袅袅炊烟，也传出了家人团圆的欢笑。这种情形，我们在古代诗歌中时常见到。如陶渊明诗："狗吠深巷中，鸡鸣桑树颠。"王维诗："渡头余落日，墟里上孤烟。"这些诗句都传达出了一种宁静朴头的乡村风味。然而，在这万家团圆的时刻，有谁注意到她——诗中女主人公，此时此刻正独立苍茫，翘首远望，深深思念着出征在外的丈夫。这三句，诗人巧妙地用牛羊家禽的归返来映衬女

狗吠深巷中，鸡鸣桑树颠　清·石涛《陶渊明诗意图册》

主人公思念亲人的寂寞和孤独。因此，结句用"君子于役，如之何勿思"二句，就将开篇所引发的愁情加以点染，加以宣泄，就显得格外深沉、格外感人了。

第二章，诗人进一步刻画了这位女主人公痛苦而又复杂的心态。这里以"不日不月"极写丈夫外出时间的长久，难以日月计算。由此句又使人联想到，这位思妇不知已面对着这种景色发出过多少回叹息。日复一日，年复一年，她在离别之苦中煎熬着，也在离别之苦中企盼着。当她再注意到家禽牛羊群聚时，不由地想到了淹留异乡的丈夫，不知现在是否在忍受着饥渴。这种由己及人的写法，章节错落有致，含蓄深沉，颇多意内言外之韵味。

谢榛在《四溟诗话》中说："景乃诗之媒，情乃诗之胚，合而为诗。"情与景的融合可以说是这首诗最显著的特征。在这首诗中，没有《伯兮》中"自伯之东，首如飞蓬。岂无膏沐？谁适为容"那种强烈刺激的肖像描写；也没有"愿言思伯，甘心首疾""愿言思伯，使我心痗"那种发誓赌咒般的激烈情绪；甚至也没有像《卷耳》中那样翻进一层对远人现时活动的种种推想，如"陟彼高冈，我马玄黄"之类。它只是将女主人公的复杂感情放置在特定的黄昏时辰，义以家禽牛羊作为反衬，构成了一种迷离惆怅、深沉绵渺的艺术境界。许瑶光《再读〈诗经〉》诗云："鸡栖于桀下牛羊，饥渴萦怀对夕阳。已启唐人闺怨句，最难消遣是黄昏。"

确实如此，对于离人游子来说，黄昏无疑是最令人惆怅的时刻。这首诗准确地把握住了这个契机，娓娓叙来，层层浸入，写尽黄昏给离人带来的感喟与忧伤，创造性地构筑了内涵丰富的黄昏意象，给后人以无限的启发和联想。

班彪《北征赋》"日淹淹其将暮兮，睹牛羊之下来。寤怨旷之伤情兮，哀诗人之叹时"，即脱胎于此诗。其他如孟浩然诗"愁因薄暮起"；皇甫冉诗"暝色起春愁"；李白诗"浮云游子意，落日故人情"；李清照词"梧桐更兼细雨，到黄昏，点点滴滴，这次第，怎一个愁字了得"；马致远曲"夕阳西下，断肠人在天涯"，等等，这些黄昏意象的捕捉，似多得益于《君子于役》的启发，而又有所踵事增华。从这个意义上说，《君子于役》不仅沾溉了"唐人闺怨"句，而且在整个中国诗歌发展史上，也占有相当重要的位置。

《诗经》中的比兴

沈玉成

比兴是中国诗歌中的一种传统表现手法，开始出现于《诗经》。对这些表现手法加以总结，概括为"比""兴"这两个名词，则始见于《诗大序》[①]。《诗大序》在论述了诗歌的产生和社会作用以后，接着就说：

[①] 《诗大序》就是今本《诗经》卷首的一篇序言。《诗经》各篇之前还有《小序》，用几句话说明该篇的主旨。《大序》《小序》合称《诗序》。《诗序》是否应该分为大、小序，以及它的作者是谁，历来众说纷纭。本文沿用传统的意见区分大、小序。至于作者，相传为子夏，今天的学者一般以为是汉代的儒生，可能就是东汉初年的卫宏。

故《诗》有六义焉：一曰风，二曰赋，三曰比，四曰兴，五曰雅，六曰颂。

这"六义"在《周礼·大师》中也同样提到，称为"六诗"。实际上，它所包含的是两个范畴，风、雅、颂是按音乐性质而作的分类，而赋、比、兴则是按表现方法、表现技巧所作的分类。古人的逻辑头脑不那么严密，不能按照今天的分类标准去要求。

在赋、比、兴之中，赋的解释比较简单。《文心雕龙·诠赋》："赋者，铺也。铺采摛文，体物写志也。"刘勰的说法是根据郑玄来的。这个概念很好理解，像大家都知道的名篇《魏风·伐檀》《豳风·七月》都是"赋"。由于"铺陈"的意义，又演变出离骚赋、汉赋的"赋"。

至于比、兴，历来的解释既纷纭，又复杂，但追本溯源，都是从东汉两位姓郑的大经学家郑众、郑玄的说法中派生出来的。在《周礼·大师》注中，郑众说：

比者，比方于物也。兴者，托事于物。

郑玄说：

比，见今之失，次敢斥言，取比类以言之。兴，见今之美，嫌于媚谀，取善事以喻劝之。

很显然，郑玄的解释是对孔子"兴、观、群、怨"说的误解，也是汉人解经牵强比附、把一切都扯到政治上去的老毛病，而且他的理论和实践又互相打架。比如《王风·扬之水》，郑玄说这是"兴"，比喻周平王的"政教烦急"，恩泽不及于百姓。先不管诗的本身是否能这样解释，但照郑玄的理解，明明是"见今之失，不敢斥言"的"比"，又如何就变成了"兴"呢？然而郑玄这条自相矛盾的意见却影响深远，连刘勰这样富有创造性的理论家也未能出其窠臼。《文心雕龙》中专门有一篇《比兴》，通篇都是讲比兴的技巧，一开头给比兴下了定义说："比显而兴隐。……故比者，附也；兴者，起也。"似乎同意郑众的意见，但紧接着一转，"比则畜愤以斥言，兴则环譬以托讽（劝喻）"，唱的依然是郑玄的老调子。刘勰以后也陆续有不少解释，但大多隔靴搔痒，没有说到要害。一直到朱熹的《诗集传》，才对比、兴下了比较切合实际的定义：

> 比者，以彼物比此物也。
>
> 兴者，先言他物以引起所咏之词也。

这两种解释不仅完全撇开了郑玄，而且比郑众要周密明快。本文中申述的一些意见，就是以朱熹的解释作为基础的。

比，就是比喻。比喻是古今中外文艺作品中都存在的表现技巧，是一种常见的思维活动现象。事物具有多种属性，把不同事物属性中某一相同点在思维中联系起来，使难言的情状变得鲜明，抽象的事理变得形象。《诗经》中的比喻方法，已经相当多样化，有的专家把它分成明喻、暗喻、借喻、博喻、对喻、详喻等等。这种分类，在修辞学上也许有意义，但是在实际欣赏分析中，就不一定要这样去硬套了。大致来说，《诗经》中的比有两种情况。第一种通篇是比，例如《魏风·硕鼠》《豳风·鸱鸮》，以硕鼠比剥削者，以鸱鸮比强暴者。这类作品不多，它类似于寓言诗，无须多说。要说的是第二种情况，就是个别的、局部的比喻。一般来说，这种比喻在使用的喻体之前，往往加上"如""若""犹"或者否定的"匪"字，明确地表明这里是在用比。从手法上来说，可以认为这是比喻的技巧还处在初级阶段的表现。然而值得我们注意的是，诗人所使用的喻体，往往贴切而新颖，譬如常常为人称道的《卫风·硕人》便是一例。这首诗形容那位大美人卫侯夫人庄姜：

手如柔荑①，肤如凝脂②，领如蝤蛴③，齿如瓠犀④，螓首蛾眉⑤。巧笑倩兮，美目盼兮。

---

① 柔荑：初生的茅草，白嫩。
② 凝脂：凝固的羊脂肪或者猪脂肪，细腻而白。鲁迅《离婚》写七大人的脸"油光光地发亮"，爱姑认为"一定是擦着猪油的"。使用同一比喻而突出了另外一面的属性，这又是另一种意义上的创新。
③ 蝤蛴：天牛的幼虫，白软而长，形容脖子。
④ 瓠犀：瓠瓜的子，白而整齐。
⑤ 螓：蝉的一种，额宽而方。蛾眉：蚕蛾的触角，细长。

同样是形容白而且嫩，一连使用了四种生活中常见的事物，而且无不恰当自然。这一串比喻，对后代的文艺创作影响极为深广，几乎成了描写美人的一个套子。《长恨歌》"温泉水滑洗凝脂"，《讨武曌檄》"蛾眉不肯让人"，凝脂、蛾眉还成了皮肤和女性的代指。《楚辞》里对美人的那些"铺陈排比"的写法，大多是从这里发展出来的。文艺贵在创新，《登徒子好色赋》"眉如翠羽，肌如白雪，腰如束素，齿如含贝"，不仅在表现方法上仍然使用《诗经》的老一套，而且喻体也并没有新鲜之感，所以没有人记得。可是"增之一分则太长，减之一分则太短。着粉则太白，施朱则太赤"，却成了著名的片段，而且发展而为写美人的另一种套子，那就是因为宋玉从一个新的角度写出了"东家之子"的美，她的身材、容貌是一切美女的标准、典范，哪怕增减一点点，都会成为"过"或者"不及"。同样的意思在《神女赋》中概括成"袂不短、纤不长"，就缺乏形象感。再到后来，就是曹植的《洛神赋》。

"皎若太阳升朝霞"①、"灼若芙蕖出渌水"固然新鲜，但更精彩的还是"翩若惊鸿，婉若游龙"，"若轻云之蔽月，若流风之回雪"，描绘洛神凌波微步的轻盈、飘逸。同样是"比"，已经由写形进而写神，即写到了体态风度。这些出色的名句，多少可以说明文学创作中的继承发展关系。上面说的《硕人》是喻体前加"如""若"等字的一个最突出的例子，举一端可概其余。还有的比喻，从诗人的用意和表达来说，比《硕人》还要深刻而高一个层次，例如《小雅·大东》："维天有汉，监亦有光。跂彼织女，终日七襄"，"虽则七襄，不成报章。睆彼牵牛，不以服箱"，"维南有箕，不可以簸扬；维北有斗，不可以挹酒浆"。天上的银河如同镜子，然而不能照见影子；织女星一夜移动七次位置，然而不能织成纹理；牵牛星那么明亮，然而不能驾车；箕星不能簸扬粮食；斗星不能酌取酒浆。这一串比，既无"如""若"等字明白标出，而且喻体是实，主体是虚，就是孔颖达所说的比喻"徒有名而无

---

① 这句是从《神女赋》"耀乎若白日初出照屋梁"套过来的，不过比宋玉写得漂亮、绚丽。

实也"。这样无拘束的想象，对于形象的高度感受能力、思维能力、表达能力，出现在距今将近三千年的时代，不能不使我们吃惊而且赞赏。和《硕人》一样，《大东》中的这种技巧，也为后代开出了不二法门，但大多陈陈相因[①]。有较大突破的是中唐诗人贾岛《客喜》的结句："鬓边虽有丝，不堪织寒衣。"以丝比喻白发，似乎平淡无奇，然而接着一翻，从喻体再联想起"不堪织寒衣"，使用的是同一类型的比喻法，但内容却是新的，感慨于人生的衰老和贫穷，这也不妨比喻成旧瓶子里装上了新酒。

上面说历来对比兴的解释纷纭，其实，问题真正纠缠的还是兴。《毛传》不谈赋、比，可是凡属于兴的诗，都标明"兴也"。可见毛公认为赋、比不言自明，而兴必须指出。排除了郑玄比兴有关美刺的错误说法，接着而来的就是"先言他物"（起兴）和"所咏之词"（被起兴）有没有内在的、意义上的联系；如果有，它和比的区别又在哪里？

起兴和被起兴之间，一般是有意义上的联系的。请

---

① 　请参看钱锺书先生《管锥编》第1册第153—155页所举出的大量例证。

看三个具体例子，这是毛、郑和朱熹都明指为兴的：

桃之夭夭，灼灼其华。

之子于归，宜其室家。

桃之夭夭，有蕡其实。

之子于归，宜其家室。

桃之夭夭，其叶蓁蓁。

之子于归，宜其家人。（《周南·桃夭》）

以茂盛的桃花来兴起女子出嫁。桃花的美好当然是很容易和女子的艳丽联系在一起的。桃花结实，又有多子的象征意义（后世常用石榴作象征）。更何况阳春三月，新婚之喜又和明媚的春光融为一体。这种内在意义上的联系是不难看出的。另一个例子：

毖彼泉水，亦流于淇。

有怀于卫，靡日不思。

娈彼诸姬，聊与之谋。（《邶风·泉水》第一章）

　　这首诗写一个贵族女子想念娘家卫国，就和家里其他女子商量，想回去看看。泉流于淇，说不定是眼前实景。泉涓涓而始流，和想回娘家有什么联系呢？水有源头，流进淇水，岂不是和这位离开父母而远嫁的女子一样？饮水思源，见水也可思源；泉水流动不停，又和思想感情发生了关系。李白的"思归若汾水，无日不悠悠"，李后主的"问君能有几多愁，恰似一江春水向东流"，是历来传诵的名句；"思如潮涌"，"感情的波涛"，是今天人们摇笔即来的陈辞旧调，这不都是思绪、感情和流水的关系吗？不过这种联系比较曲折、隐蔽，特别是诗人第一次使用（至少是今天所能见到的第一次），就不能像《桃夭》那么明显，而要读者调动自己的联想能力去捕捉作者的灵感和神思了。

　　以上的情况虽有显、隐之分，终究还是可以找出它的联系的。但是，像《王风·扬之水》：

扬之水，不流束薪。

彼其之子，不与我戍申（申国）。

怀哉怀哉，曷月予还归哉！（第一章）

郑玄把"扬"这个地名解成"激扬"，说这是暗示周平王的"政令烦急"；"不流束薪"，比喻"恩泽不流于下民"。这种牵强附会今天不会再有人相信。朱熹也说是兴，可为什么是兴，他避而不谈。按照上面流水和思绪的理解，我们勉强可以说"扬之水"在兴起"怀哉"。然而题为《扬之水》的诗，在《诗经》里有三篇，而且同样是以"扬之水"作为首句。《郑风》的一首是说兄弟两人要搞好关系，不要听旁人的挑拨；《唐风》的一首是说男女两人见面的事。同样，还有两首《柏舟》（《邶风》《鄘风》），两首半《杕杜》（《唐风》《小雅》，还有《唐风·有杕之杜》)，也同样用"泛彼柏舟""有杕之杜"起兴，所被兴起的却并不完全是一回事，这又如何理解呢？

问题又必须回到"兴"的概念上。《诗大序》和《周礼·大师》提出这个"兴"字，是对《诗经》中某种普遍现象作出的概括。"名者，实之宾也"。概念是事物本质属性的概括。《说文·舁部》："兴，起也。"引申一下，就有发生、发动、兴起的意思，先秦古籍如《论语》《左传》《吕氏春秋》等中间的"兴"字大多应该作这样的理解。那么，如果把兴解释成为一首或一章诗的开端、发端，事情就明快多了。清朝人姚际恒就直截了当地说："兴者，但借物以起兴，不必与正意相关也。"(《诗经通论》)这"不必"两个字很有分寸，就是可以相关，可以在相关与不相关之间（朱熹所谓"非即非离"），也可以毫不相关。上面举出的三个例子也许正好说明了这三种情况。从一般作文、作诗的道理上来讲，既然是开端、发端，当然要和下文有所联系。然而探讨《诗经》里的许多问题，不能忘记一个基本事实，就是这三百零五篇全部是可以歌唱的，而且有相当一部分是民歌。民歌不是在书斋里写出来的，而是在野外唱出来的。《诗经》中"重章叠句"的结构就是歌唱的产物。听和读不一样，听一般是一次性的，读则可以多次反复。所以，要唱得别人听得懂，印象深，起到歌唱本身应起的作用，就有必要反复强调。《诗经》中《颂》诗极少重章叠句，就因为《风》诗和《雅》诗是唱给活人听的，而《颂》诗是唱给死人听的。既然是口头创作，就往往随意发挥，"山歌好唱起头难"，这样，"触物起兴"就来了，看到的、想到的、正在干的，都可以唱出来，用今天的话来说，就叫"即兴"。创作者并不是在有意识地讲起承转合，起兴和被起兴的事物之间的关系是一种自由联想，有时候如水乳交融，有时候就可能大幅度地跳跃。后一种情况，上下文在意义上的联系极少甚至没有，可能只是为了押韵，也可能是随意搬用一种起兴的套子，"扬之水""泛彼柏舟""有杕之杜"都可以归入这一类。这种情况在汉乐府和以后的民歌中也不时可以见到。

说明了兴的性质，兴和比的区别也就随之而解决了。把《诗经》中的兴归纳统计一下，大部分都和被起兴的事物有比较紧密的意义上的联系。就这一点来说，兴和比之间，无论内涵和外延都有部分的重合。它们的差别主要有两点：第一，比的使用常常限于具体和局部，而兴则一般贯穿全篇，而且还会有上下文之间意义上毫无联系的例子。第二，兴的使用总是在篇、章之首，而比则没有这一限制。

归根结底，比、兴作为一种表现技巧和修辞方法，不妨看成大同小异。所以越到后世，人们在实际使用这两个概念的时候也越来越偏重于其"同"的方面，而常常"比兴"联用，合二而一，成为一个概念。大江之始出，其源仅可以滥觞；《诗经》中的比兴，积累已经相当丰厚而足以"负大舟"了。从这里开始，形成了中国诗歌中的一个传统，从汉乐府到今天的民歌，从屈原到艾青、郭小川，都自觉或不自觉地继承并发展了这一传统，《文史知识》中"诗文欣赏"一栏，经常有这方面的极好例证和分析，相信读者们是不难会心默悟而举一反三的。

桃之夭夭，灼灼其华。

之子于归，宜其室家。

桃之夭夭，有蕡其实。

之子于归，宜其家室。

桃之夭夭，其叶蓁蓁。

之子于归，宜其家人。

这首诗非常有名，即便只读过很少几篇

《诗经》的人，一般也都知道"桃之夭夭，灼灼其华"。这是为什么呢？我想，无非有这样几个原因：第一，诗中塑造的形象十分生动。拿鲜艳的桃花，比喻少女的美丽，实在是写得好。谁读过这样的名句之后，眼前会不浮现出一个像桃花一样鲜艳、像小桃树一样充满青春气息的少女形象呢？尤其是"灼灼"二字，真给人以照眼欲明的感觉。写过《诗经通论》的清代学者姚际恒说，此诗"开千古词赋咏美人之祖"，并非过当的称誉。第二，短短的四字句，传达出一种喜气洋洋的气氛。这很可贵。"桃之夭夭，灼灼其华。之子于归，宜其室家"，细细吟咏，一种喜气洋洋、让人快乐的气氛，充溢字里行间。"嫩嫩的桃枝，鲜艳的桃花。那姑娘今朝出嫁，把欢乐和美带给她的婆家。"你看，多么美好！这种情绪，这种祝愿，反映了人民群众对生活的热爱，对幸福、和美的家庭的追求。第三点，这首诗反映了这样一种思想，一个姑娘，不仅要有艳如桃花的外貌，还要有"宜室""宜家"的内在美。这首诗，祝贺人新婚，但不像一般贺人新婚的诗那样，或者夸耀男方家世如何显赫，或者显示女方陪嫁如何丰

清·邹一桂《桃花图》

盛，而是再三再四地讲"宜其家人"，要使家庭和美。确实高人一等。这让我们想起孔子称赞《诗经》的话："《诗三百》，一言以蔽之，曰'思无邪'。"（《论语·为政》）孔子的话内容当然十分丰富，但其中是否也包括了《桃夭》篇所反映出的上述这样一种思想呢？陈子展先生说："辛亥革命以后，我还看见乡村人民举行婚礼的时候，要歌《桃夭》三章……。"（《国风选译》）联系到这首诗所表达的思想，农民娶亲"歌《桃夭》三章"，便是很可理解的了。

《桃夭》篇的写法也很讲究。看似只变换了几个字，反复咏唱，实际上作者是很用心的。头一章写"花"，二章写"实"，三章写"叶"，利用桃树的三变，表达了三层不同的意思。写花，是形容新娘子的美丽；写实，写叶，不是让读者想得更多更远吗？密密麻麻的桃子，郁郁葱葱的桃叶，真是一派兴旺景象啊！

这首诗不难懂，但其中蕴藏的道理，却值得我们探讨。

一个问题是，什么叫美，《桃夭》篇所表达的先秦人美的观念是什么样的？"桃之夭夭，灼灼其华"，很美，艳如桃花，还不美吗？但这还不行；"之子于归，宜其室家"，还要有使家庭和睦的品德，这才完满。这种美的观念，在当时社会很为流行。关于真善美的概念，在春秋时期已经出现。楚国的伍举就"何为美"的问题和楚灵王发生了争论。伍举说："夫美也者，上下、内外、大小、远近皆无害焉，故曰美。若于目观则美，缩于财用则匮，是聚民利以自封而瘠民也，胡美之为？"（《国语·楚语》）很清楚，伍举的观点是"无害即是美"，也就是说，善就是美。而且要对"上下、内外、大小、远近"各方面都有分寸、都无害。这种观点最主要的特点是强调"善"与"美"的一致性，以善代替美，实际上赋予了美以强烈的政治、伦理意义。"聚民利以自封而瘠民也，胡美之为"，那意思是说，统治者重赋厚敛，浪费人力、物力，纵欲无度，就不是美。应该说，这种观点在政治上有一定的意义。但它否定了"善"与"美"的差别，否定了美的相对独立性，它不承认"目观"之美，是其严重局限。这种美的观念，在当时虽然也有其对立面，也有人注意到了"目观"之美，但这种善即是美的观点，在先秦美学中应该说是具有代表性的，而且先秦儒家的美学观念，主要是沿着这个方向发展的。

孔子也持着这样一种美学观点，"《诗三百》，一言以蔽之，曰'思无邪'"，他赞赏《诗三百》，根本原因是因为"无邪"。他高度评价《关雎》之美，是因为它"乐而不淫，哀而不伤"（《论语·八佾》），合于善的要求。在评价人时，他说："如有周公之才之美，使骄且吝，其余不足观也已。"（《论语·泰伯》）善与美，善是主导方面。甚至连选择住处，孔子也说："里仁为美。"（《论语·里仁》）住的地方，有仁德才是"美"的地方。可见，孔子关于美的判断，都是以善为前提的。

但孔子的美学观，毕竟是前进了。它已经不同于伍举的观点，已经开始把美与善区别开来，作为不同的两个标准来使用了。"子谓《韶》：'尽美矣，又尽善也'；谓《武》：'尽美矣，未尽善也'"（《论语·八佾》）。当然，通过对《韶》与《武》的评价，还是可以看出，"尽美"虽然被赋予在"尽善"之外的一个相对独立的地位，但只是"尽美"，还不能说是美，"尽善"才是根本。

至此，我们回头再来看看《桃夭》篇，对它所反映的美学思想,恐怕就更好理解了。在当时人的思想观念中,艳如桃花、照眼欲明,只不过是"目观"之美,这还只是"尽美矣,未尽善也",只有具备了"宜其室家"的品德,才能算得上美丽的少女,合格的新娘。

第二个问题随之而来,美的具体内容不仅仅是"艳如桃花",还要"宜其室家",也就是美与善之结合,那么,我们应该怎样认识和评价这种观念呢?先秦人为什么把家庭和婚姻看得那么重要呢?

把婚姻和家庭看得十分重要,还不仅仅反映在《桃夭》篇中,可以说在整部《诗经》中都有反映。在一定意义上说,《诗经》是把这方面的内容放在头等地位上的。《桃夭》是三百零五篇的第六篇,不能不说它在《诗经》中的地位是很突出的。如果我们再把《桃夭》篇之前的五篇内容摆一摆,就更可以清楚地看出,婚姻和家庭问题,在《诗经》中确实是占有无与伦比的地位的。

《三百篇》的第一篇是《关雎》,讲的是一个青年男子爱上了一个美丽的姑娘,他日夜思慕,渴望与她结为夫妻。

第二篇《葛覃》,写女子归宁、回娘家探望父母前的

明·唐寅《吹箫图》

心情，写她的勤、俭、孝、敬。

第三篇《卷耳》，写丈夫远役，妻子思念。

第五篇《螽斯》，祝贺人多生子女。

第六篇，即《桃夭》，贺人新婚，祝新娘子"宜其室家"。

以上是《三百篇》的头几篇（除掉第四篇），它们写了恋爱、结婚、夫妻离别的思念，渴望多子，回娘家探亲等等，可以说把婚姻生活中的主要问题都谈到了。

一部《诗经》，三百零五篇，开卷头几篇几乎全部是写婚姻家庭问题的，岂不令人深思？不论是谁编辑的《诗三百篇》，不论孔子是删诗了、还是整理诗了，抑或是为《诗三百篇》作了些正乐的工作，都不容置疑地说明了他们是十分重视婚姻和家庭问题的。

我们应该怎样认识和评论这个问题呢？春秋战国时期，生产力水平还很低下，家庭是社会的最基本单位，每个人都仰仗着家庭迎接困难，战胜天灾，争取幸福生活，当然希望家庭和睦、团结。娶亲是一件大事，因为它关系到家庭未来的前途，所以，对新人最主要的希望就是"宜其室家"。这很容易理解。

从统治者方面来说，就要复杂多了。《礼记·大学》引到《桃夭》这首诗时说："宜其家人，而后可以教国人。"这可真是一语道破。家庭是社会的最基本单位，家庭的巩固与否与社会的巩固与否关系十分密切。到了汉代，出现了"三纲"（君为臣纲，父为子纲，夫为妻纲）"五常"（君臣、父子、夫妇、兄弟、朋友五种关系）之说。

不论"三纲"，还是"五常"，它们都以夫妇关系为根本，认为夫妇关系是人伦之始，其他四种关系都是由此而派生出来的。宋代理学家朱熹说："有天地然后有万物，有万物然后有男女，有男女然后有夫妇，有夫妇然后有父子，有父子然后有君臣，有君臣然后有上下，有上下然后礼义有所错。男女者，三纲之本，万事之先也。"（《诗集传》卷三《陈风》）从这段论述中，我们也可以看出统治者为什么那么重视婚姻、家庭问题。听古乐唯恐卧、听郑卫之音而不知倦的魏文侯有一段名言，说得很为透僻。他说："家贫则思良妻，国乱则思良相。上承宗庙，下启子孙，如之何可以苟，如之何其可不慎重以求之也！""宜家"是为了"宜国"，在他们眼里，"宜家"与"宜国"原本是一回事，当然便被看得十分重要了。

"桃之夭夭，灼灼其华。之子于归，宜其室家"，不论自古以来多少解经者就《桃夭》作过多少文章，但像小桃树那样年轻，像春日骄阳下的桃花那样鲜艳、美丽的少女，却永远活在读者心里。人们衷心祝愿她："之子于归，宜其室家。"

点点诗思尽被雨打湿

——《诗经·东山》

扬之水

我徂东山，慆慆不归。

我来自东，零雨其濛①。

我东曰归，我心西悲。

---

① 徂，往。东山，东方有山之地，意指东方。周时言"东"，乃指今山东泰山以南直至海滨的广大地域。慆慆，毛传："言久也。"范处义曰："东山指地，慆慆言其久，自东喜其还，零雨记其时，故每章皆言之。"（《诗补传》）

制彼裳衣，勿士行枚①。

蜎蜎者蠋，烝在桑野②。

敦彼独宿，亦在车下③。

我徂东山，慆慆不归。

我来自东，零雨其濛。

果臝之实，亦施于宇，

伊威在室，蟏蛸在户，

町畽鹿场，熠燿宵行④，

---

① 裳衣，朱熹曰："平居之服也。"何焯："'制彼裳衣'，军容不入国，故归者别制裳衣。"（《义门读书记》）士，事（毛传）。行，阵。枚，衔枚。勿士行枚，李塨曰："在行陈行枚，以战也。今无事此矣，其归也。"（《诗经传注》）邓翔曰："言不必复被甲胄，冒锋刃，且言语亦可自由。"（《诗经绎参》）

② 严粲："钱氏曰：蜎蜎，虫微动貌。"（《诗缉》）蠋，《说文·虫部》作蜀，曰："葵中虫也。"罗愿曰："蠋虽蚕类，而不食桑，诗乃称'烝在桑野'者，葵藿之下，亦桑野之地也。桑致养于人，万百为族，蜀（蠋）则独行，故以比敦然独宿者。"（《尔雅翼》）又"烝在桑野"与下文"烝在栗薪"之"烝"，马瑞辰以为皆语词之乃，即"乃在桑野"（《毛诗传笺通释》）。

③ 敦，团。彼，指军士。独宿，对离室家而言。古用车战，止则为营卫，故军士宿皆在车下。

④ 果臝，栝楼。伊威，一名委黍，一名鼠妇，今称潮虫。蟏蛸，也称喜蛛，蟏子，或喜母。町畽，鹿迹。熠燿，毛传："燐也。燐，萤火也。"即萤火虫。

不可畏也，伊可怀也。

我徂东山，慆慆不归。

我来自东，零雨其濛。

鹳鸣于垤，妇叹于室。

洒扫穹窒，我征聿至①。

有敦瓜苦，烝在栗薪②。

自我不见，于今三年。

我徂东山，慆慆不归。

我来自东，零雨其濛。

仓庚于飞，熠燿其羽。

之子于归，皇驳其马③。

---

① 严粲曰："天将阴雨，鹳性好水，长鸣于丘垤之上，亦道间遇雨所见也。此时想其妇在家必念行人而悲叹，且曰今当洒扫其室，穷塞鼠穴，我征夫将至矣。望我之归也。聿者，将遂之辞，实未至也。"

② 多隆阿曰："古无他瓜，诗中言瓜则为甜瓜。甜瓜生则味苦，熟则香甘。"（《毛诗多识》)按此"敦"与"敦彼独宿"同，也是团团之意，谓一二生瓜蛋子悬系于栗薪之上。姚柄曰："栗，坚木，不易朽，故人或取以为棚架之类。""或云'栗薪'犹云坚木，并不必作栗树言，亦通。"

③ 马毛色有黄有白曰皇;驳，赤色马，亦称骊。

亲结其缡，九十其仪 [①]。

其新孔嘉，其旧如之何？

《诗三百》，最好是《东山》。诗不算长，也不算短，而句句都好。它如此真切细微地属于一个人，又如此博大宽厚地属于每一个人。《东山》恐怕也是《风》诗一百六中最少争议的一篇，大概最多是对诗作者各说几句推测的话。不知道它是不是可以融化人生中的一切冷漠，但总之多少板着面孔的经学家读到《东山》，好像一时间都变得"融融"也，"泄泄"也，于物理人情很是通达。比如诗序：

　　《东山》，周公东征也。周公东征，三年而归，

---

① 毛传："缡，妇人之袆也。母戒女，施衿结帨。九十其仪，言多仪也。"陈奂曰："《尔雅·释器》：'妇人之袆谓之缡。'此传本也。孙炎注云：'袆，帨巾也。'《说文》：'袆，蔽膝也。'"又《内则》'女子设帨于门右'，注：'帨，事人之佩巾也。'帨为女子初生时所设，及嫁，则结之以为事舅姑拭物之所需。父母及庶母皆有戒辞，传但引母戒者，母，至亲也。"按《礼记·内则》"女子设帨于门右"，为女儿初生之日事。《仪礼·士昏礼》"母施衿结帨，曰：勉之敬之，夙夜无违宫事"，即"亲结其缡"之际。读《士昏礼》，并可知其"多仪"也。

劳归士，大夫美之，故作是诗也。一章言其完也，二章言其思也，三章言其室家之望女也，四章乐男女之得及时也。君子之于人，序其情而闵其劳，所以说也。说以使民，民忘其死，其唯《东山》乎！

虽然算不得怎样的见识，但能够就诗说诗，且说得如此诚恳，在诗序中也就难得。又比如郑玄，一向以为他释《礼》释得好，解《诗》则少一点儿诗心，但于《东山》却是例外。譬如末章，他说：

仓庚仲春而鸣，嫁取之候也。熠燿其羽，羽鲜明也。归士始行之时，新合昏礼，今还，故极序其情以乐之。——之子于归，谓始嫁时也。皇驳其马，车服盛也。——女嫁，父母既戒之，庶母又申之，九十其仪，喻丁宁之多。——嘉，善也。其新来时甚善，至今则久矣，不知其如何也，又极序其情乐而戏之。

不仅释义准确，而且颇解风情。当然能够觑得诗心的仍推文学批评家，如贺贻孙：

> 此从新婚时春鸟和媚及马色之良、结缡之诚、仪文之盛铺张，点缀而已。诗语极热闹，而诗情最闲冷，其妙趣全在"其旧如之何"五字。"如之何"者，欣慕赞叹，无可形容之词也。盖常人之情旧不如新，然别离重逢新不如故。诗人似以"其新孔嘉"句挑起下句，其实以"其旧如之何"点动上句，此古人笔端活泼处也。"孔嘉"二字从上文"皇驳其马"三句说来，此句不言乐，乐处在"如之何"三字想出，妙甚。(《诗经触义》)

真是妙甚！在《东山》面前，差不多所有的批评家都变得极富人情。

《东山》之结末固然好，但它更好在全诗选择了一个最佳角度，即"在路上"，即回乡的一条路。这条路如此之远，如此之长，长得足以满满装载三年的思念，"我东曰归，我心西悲"，所谓"我在东山常曰归也，我心则念

68

西而悲"（郑笺）。这条路又如此之短，如此之近，近得可以窥见所有的故乡风物，"其新孔嘉，其旧如之何"，久别重逢的快乐也好像伸手可触。远远近近，短短长长，便容纳了人生无数的苦乐悲欣，于是思念中的一切都变得可珍可爱，幽冷凄楚的"可畏"竟也成为温柔的"可怀"。"不可畏也，伊可怀也"，牛运震说它"一反一正，自问自答，便令通节神情跳舞"（《诗志》），此乃有距离，而有转折也。"有敦瓜苦，烝在栗薪。自我不见，于今三年"，也是有距离，有转折，于是对家居之微物的爱惜，便牵系了无限的离合感慨。"自我不见，于今三年"，又浅白，又平易，不着一点儿形容，然而生存的缱绻依恋，全部的形容，尽在此中。

是不是可以说它体物工细呢？但所谓"工细"，一定不是宋人那样"格物"而来，也没有"蛛网闪夕霁，随处有诗情"那样的寻寻觅觅。它好像是写生，如"蜎蜎者蠋，烝在桑野"；又好像写生而不写实："果蠃之实，亦施于宇。伊威在室，蟏蛸在户。町畽鹿场，熠燿宵行。"全是思家之梦，而心细如丝发，入微处无不尽物理。蟏蛸，多隆阿说它"长足，头腹俱小，足有六，细如线，而长数倍于身，室有人居，则蟏蛸多网壁角，室无人居，则蟏蛸常网户棂"。如此，"蟏蛸在户"是"工笔"，而又明明是"写意"。室本来不是无人居，那么蟏蛸不当在户，但它偏偏又是无人居那样的凄凉，于是"蟏蛸在户"矣。"熠燿宵行"，稍微带了一点儿形容，却是形容得真好。后来张华的《励志诗》袭用此句，但改作"熠燿宵流"，陈骙说他变字以协音韵，"而不知诗人言'行'有缓飞之意"(《文则》)，"熠燿宵行"真是不可易。

《东山》之雨贯穿全篇，"首章班师遇雨也。次章长途遇雨也。鹳鸣、萤飞，雨候也，以及桑蹢、果实、伊威、蟏蛸、苦瓜、栗薪，雨中触目无一不搅人愁肠，步步有景，节节生情"（贺贻孙）。其实，从头至尾只是归途中雨，点点诗思于是尽被雨打湿。

亲昵之态痴情生

——《诗经·采绿》

扬之水

终朝采绿，不盈一匊[①]。

予发曲局，薄言归沐[②]。

---

① 毛传："自旦及食时为终朝。两手曰匊。"旦，约当今之五
时；食时，约当今之十时。绿，禾本科，又名王刍，又名荩
草，其他别名尚多。自古用作染黄。

② 毛传："局，卷也。妇人夫不在则不容饰。"范处义曰：
"凡诗有'薄言'皆未足之意，谓沐而又沐也，与卒章意
同。"（《诗补传》）

终朝采蓝①，不盈一襜②。

五日为期，六日不詹③。

之子于狩，言韔其弓。

之子于钓，言纶其绳④。

其钓维何，维鲂及鱮⑤。

维鲂及鱮，薄言观者。

诗写怀思，多半悲苦，唯《采绿》一篇是例外。或
者在伊仍是一团思念挥之不去吧，他人却只看这怀思中

---

① 蓝，泛称可染青蓝的植物，其种类有很多。如蓼科之蓼蓝，爵床科之马蓝，
　　豆科之木蓝，等等。

② 毛传："衣蔽前谓之襜。"按即衣之前襟。

③ 毛传："詹，至也。"朱传："詹，与瞻同。"

④ 孔疏：言韔其弓，"谓射讫与之弛弓纳于中也"；言纶其绳，"谓钓竿之上须
　　绳，则与之作绳"，"谓系绳于钓竿也"。朱熹曰："言君子若归而欲往狩
　　耶，我则为之韔其弓；欲往钓耶，我则为之纶其绳。望之切，思之深，欲无
　　往而不与之俱也。"按，韔本是弓箭袋，此作动词用。

⑤ 鲂，鳊鱼。鱮，鲢鱼。朱熹曰："于其钓而有获也，又将从而观之。"曾运
　　乾曰：薄言观者，"本当作'薄言观之'，之犹是也，以与上文鱮字协韵，故改
　　'之'为'者'。之、者，通用"(《毛诗说》)。

的真率之气别有情致，乃至觉得此中竟是一点特别的可爱与温暖。

采绿，采蓝，兴也，犹《卷耳》之"采采卷耳，不盈顷筐"。所谓"予发曲局，薄言归沐"，都说这便是"自伯之东，首如飞蓬。岂无膏沐，谁适为容"的意思。但若细较，此中意味仍与《伯兮》大有别。"予发曲局"，

蓼蓝

卷耳

蓬

74

一句已抵得彼之四句，"薄言归沐"却是萦转回翔的一折，所谓"此时遥揣君子将还，故膏沐以待耳"（贺贻孙《诗经触义》），然后再用"五日为期，六日不詹"翻转回来。"五日""六日"，正是诗心所在，无奈注家只看得五日六日何其短也，其间一日的计较又太认真，于是纷纷代伊作算计。郑笺："五日、六日者，五月之日、六月之日也。期至五月而归，今六月犹不至，是以忧思。"严粲曰："去时约以五日而归，今六日而不见，时未久而怨，何也？古者新昏三月不从政，此新婚者之怨辞也。"（《诗缉》）贺贻孙曰："五日、六日，犹言自昨日至今日也。盖逾五日而不至又是六日矣，况六日又不詹乎。"（《诗经触义》）姚际恒曰："五日，成言也；六日，调笑之意。言本五日为期，今六日尚不瞻见，只是过期之意，不必定泥为六日而咏也。"（《诗经通论》）此中似以姚说为长。不过五日六日认作实说也未尝不可。如此，这一番计较便正如同《王风·采葛》之"一日不见，如三秋兮"，是五日本来不长，而已觉长，一日更可不作计，而偏偏要计，且更觉其长。曰此为新婚之别，未必非，要在不是从"礼"

上说，乃由情处见也。

　　陆化熙曰："三、四章乃预拟事，帐弓纶绳，亦未尝言从之猎、钓，只拟归时相助之事耳。观鱼，则有相亲意。而未归时思想到此，直是如目击之，却不在归时之与偕也。"（《诗通》）钱澄之曰："此下二章皆思之不至而预拟其归后之词，意以远出不归，归则不令复出耳。往狩则纳弓于帐，绝其射猎之念，不欲其习武事也。若舍狩而钓，则合丝为绳以资之，可与偕隐矣。下章言钓不及狩，其意可见。"（《田间诗学》）钱氏的解释颇觉有趣，不妨存之。末章一问一答，一答一应，纯是说话，却是本色文字而异样生色，此中意味独独金圣叹能够把它揭出来："随笔就钓上问之子所得何鱼，之子若曰鲂鳒也，叠一句，香口接之，曰鲂鳒也，则我欲观此鲂鳒也。全用一段憨意写恩爱出来。"（《唱经堂释小雅》）所谓"一种亲昵之态总是痴情所生"（贺贻孙），真是会心者言。

白华菅兮^①，白茅束兮^②。

之子之远，俾我独兮。

---

① 毛传："兴也。白华，野菅也。已沤为菅。"白华即禾本科的芒草。它的茎，"从古便沤之、剥之，以为绳索、草履之用。又嫩茎可理为箔，粗者可为篱笆，茎叶之细者又可葺屋"（陆文郁《诗草木今释》）。

② 白茅，又称茅草，禾本科。陆玑曰："茅之白者，古用包裹礼物，以充祭祀缩酒用。"（《毛诗草木鸟兽虫鱼疏》）陆文郁曰："叶作苫盖，或制蓑。地下茎嫩白，味甘可食，春生苗亦柔嫩，可用以救荒。"朱熹曰："言白华为菅，则白茅为束。物至微，犹必相须为用，何之子之远，而俾我独耶。"按诗中之兴象，朱子皆以为"比"，但依此节之释义，则明明是"兴"义。又远，疏远也。俾，使也。

英英白云①，露彼菅茅。

天步艰难，之子不犹②。

滮池北流③，浸彼稻田。

啸歌伤怀，念彼硕人。

樵彼桑薪，卬烘于煁④。

维彼硕人⑤，实劳我心。

鼓钟于宫，声闻于外。

---

① 英英，犹央央，白貌。

② 郑笺："犹，图也。"

③ 滮池在镐，依丰水故道东畔，位在汉昆明池北缘。丰镐之间，诸水多北流。

④ 毛传："卬，我。烘，燎也。煁，烓灶也。"孔疏："烓者，无釜之灶。其上燃
  火谓之烘。本为此灶上亦燃火照物，若今之火炉也。"按，煁即可以移动的
  火炉，其上"无釜"，则所谓"可燎而不可烹饪者也"（朱熹）。

⑤ 贺贻孙曰："前曰之子，此曰硕人，以后或称硕人或专称子，若疏之，若尊
  之，又若亲之，幽怨之辞，固不伦也。"（《诗经触义》）按"之子""硕人"，
  或解作二人，非也。此解最切。

78

念子懆懆，视我迈迈①。

有鹙在梁②，有鹤在林。

维彼硕人，实劳我心。

鸳鸯在梁，戢其左翼③。

之子无良，二三其德。

有扁斯石，履之卑兮④。

---

① 懆，《说文·心部》："愁不安也。"迈迈，王安石曰："迈迈然远我而不顾也。"(《诗义钩沉》)钱澄之曰："'懆懆'者，不忍忘君；'迈迈'者，绝之已甚。曰'念'，曰'视'，厚薄分明。"(《诗义钩沉》)
② 毛传："鹙，秃鹙也。"
③ 郑笺："戢，敛也。"戢其左翼，郑笺以为专指雄者，马瑞辰以为非，曰："《鸳鸯》篇亦曰'鸳鸯在梁，戢其左翼'，不得专指雄者言也。《鸳鸯》篇《释文》引韩诗曰：'戢，捷也(按即插也)。捷其嘴于左也。'禽鸟之宿，皆捷其嘴于翼，毛传：'言休息也。'此诗无传，义与彼同。诗盖以鸳鸯匹鸟，得其所止，能不贰其耦，以兴幽王二三其德，为匹鸟之不若也。"(《毛诗传笺通释》)
④ 毛传："扁扁，乘石貌。王乘车履石。"《周礼·夏官·隶仆》："王行，洗乘石。"郑注："郑司农云：乘石，王所登上车之石也。诗云：'有扁斯石，履之卑兮。'谓上车所登之石。"何楷曰："'履之卑兮'，是倒句文法。言此乘石也，虽其处地卑下，亦时得蒙王之践履，而我独无由与王亲近，则是斯石之不如也。"(《诗经世本古义》)按，由云露之高洁，而思想到乘石之卑微，虽然兴义仍不出"物亦相资"(石为履所践也)，其心则可谓伤之极矣。

79

之子之远，俾我疧兮[①]。

西周的灭亡，自然不是一时间的事，但它最后的了局却极有戏剧性。如同夏之妹喜，商之妲己，此际总要有一个坏女人出来作定败局，西周便派定了褒姒。此已

菅（白华）

---

① 毛传："疧，病也。"

明见于《诗》，《小雅·正月》"赫赫宗周，褒姒灭之"是也。这是危亡就在旦夕的时候，诗人谏王，特作忿激警悚之言。后来屈子作《天问》，涉及兴亡，也还要问到女子："周幽谁诛，焉得夫褒姒？"废名所以说他"未能免俗"。至于《诗》中直接涉及这一事件的，据诗序说，尚有《小雅·四月》，云太子宜臼之傅所为作。又《白华》，谓出自太子之母，即申后。

《白华》应该是有一个背景的，由"天步艰难"，"鼓钟于宫"，"有扁斯石"，都可以见出身份。"天步犹国步也。天步之难，履石之卑，皆王者语也"，是所谓"意言间不觉自露其关切王朝之意"（翁方纲《诗附记》）。若真的是申后所作，那么她实在是很懂得政治，也很明白政局中女人的作用是怎样有限。诗中说到的"之子无良，二三其德"，明明指王，此外不及其他，是"专以责王"也，"使之子不二三其德，虽百褒姒何能为，其怨之切也"（钱澄之《田间诗学》），而所怨又何关于"之子"以外的什么人呢？

诗可以别作虚与实两部分。"之子之远，俾我独兮"，大抵代表实的一部分；"白华菅兮，白茅束兮"，则代表虚的一部分。若把虚的部分去除，诗仍然是诗，且其意或者还更加显豁，然而似乎再算不得好诗。若把实的部分去除，诗便更像是诗，却是只有意象的跳跃而少了思想的连搭，那样的结果，其意恐怕是只有诗人自己明白，旁人再也读不懂的。

然而《白华》之好，即在于有实也有虚，且在若即若离之间达于浑融。"之子之远，俾我独兮"，乃一篇命意，实的部分便在这一层意义上相承递进，而虚的部分则全是意识的流动与漫延，即幻景之写象，或者说，是以清醒的忧伤来写迷乱之神思。

这样说的话，当然是把诗中的意象确定为"兴"的用法，即此中并没有直接的比喻，而旧解多有以此为"比"者，于是必要一一落实，必要在虚实之间寻找一种直接对应的关系。比如"有鹙在梁，有鹤在林"，本是触情感兴之意象，亦犹"鸳鸯在梁，戢其左翼"，只是写出自然万物的平静与和谐，便照字面看去，即是兴感之本意。但若把它认作比，则不免要说："鹙、鹤皆以鱼为食，然鹤之于鹜，清浊则有间矣，今鹜在梁而鹤在林，鹜则饱而鹤则饥矣。幽王进褒姒而黜申后，譬之如养鹜而弃鹤也"（苏辙《诗集传》）。如此读来，诗人岂不也成了笨伯。又比如"滮池北流，浸彼稻田"，便是滮池北流，浸彼稻田；"樵彼桑薪，卬烘于煁"，便是樵彼桑薪，卬烘于煁，全用不着迂曲解作"桑薪宜以炊爨养人，今反以燎于无釜之灶，犹以正嫡而居卑贱，是以念硕人而劳我心也"（贺贻孙《诗经触义》）。

不过也不妨先用一个笨办法把诗中的兴象作一番归拢。徐玮文于《白华》篇中旁批道："白华，以花卉言；"英英"，以天文言；"滮池"，以地理言；"樵彼"，以树木言；"鼓钟"，以宫室言；"有鹜"，以禽鸟言；"鸳鸯"，以桥梁言；"有扁"，以泉石言，所谓"物亦相资，况于夫妇"（《说诗解颐》）。这里所作的归类，不必一一赞成，而"物亦相资"一语，乃发此诗兴感之旨，却是颇有见地。忧懑之极，以至于神思迷乱，不惟触目伤心，思之所至也不免处处伤怀，诗之兴象，实在是近乎白日梦的，说它是"不经营中之经营，无结构中之结构"（李诒经《诗经蠡简》），当是得其神理。而说到神理，则又不免兜转回来，即在于"物亦相资，况于夫妇"——其安排组织看来是无理，但却始终有此一义串连其间。

《白华》之美，则多半在于兴象。白华，即芒草，山地原野，随处皆有。吴其浚说它"叶茎如茅而茎长似细芦，秋开青白花，如荻而硬，结实尖黑，长分许，粘人衣"（《植物名实图考》），颇有嫣然之姿。白茅，也是与白华习性相近的野草，多隆阿说它"高数尺，茎叶似竹，秋末结穗，白花如絮，随风飞扬"（《毛诗多识》），亦楚楚有风致。"白华菅兮，白茅束兮"，牛运震所以评之曰"白华，白茅，称物高洁，兴意亦自细贴"（《诗志》）。陆化熙曰："'独'字与'束'相反。"（《诗通》）不过，兴意的微妙处原不可以一义限定也。

"英英白云，露彼菅茅"，曰菅曰茅，与上章之兴乍离乍合，不妨称作"连递生情"（牛运震），而此中最好是一个"露"字。说它名词而兼动词用，亦如《小雅·大田》之"雨我公田"，也还是字面上的称赏，而它无可赞叹处的好却是没有办法说出来的。毛传："英英，白云貌。露

84

白　茅

亦有云。言天地之气无微不著，无不覆养。"并不错，但仍觉得它是说白云，说露，不是说诗。然而此中怎样的萧疏悲凉而又凄艳，谁能说得清楚呢？"天步艰难，之子不犹"之写实，却又不是坐实兴象，而是把诗境推向遥深。

"鼓钟于宫，声闻于外"，在诗里是一个令人诧异的声音，似乎尤其找不到它的上下递接的关系，然而用来照应"之子之远，俾我独兮"，却最觉惊心。兴与比的不同，即在比是一对一的，兴则以它的不确定把"一"引向"多"，甚至可以说，兴与赋之间有时候竟是一个"隔"，而凭了思想的连搭，"隔"乃成为一个恰好的意外之致。

啸，《诗》凡三见，《白华》，其一也，此外则《召南·江有氾》"其啸也歌"，《王风·中谷有蓷》"条其歗矣"，而全部出自女子。郑笺把"啸"解作"蹙口而出声"（《江有氾》笺），如此则一如吹口哨。此情此景，今日不大能够想象，至于为什么在《诗》中专属女子就更不可解。而"啸歌伤怀"或者竟是凄厉之音，注家每以"长歌当哭"为说，其实未尽其意也。

《白华》遗憾的是有个背景。但叶矫然说："诗有为而作，自有所指，然不可拘于所指，要使人临文而思，掩卷而叹，恍然相遇于语言文字之外，是为善作。读诗自当寻作者所指，然不必拘某句是指某事，某句是指某物，当于断续迷离之处而得其精神要妙，是为善读。"（《龙性堂诗话初集》）《白华》自是"善作"，却正要如此"善读"才好。

颂祷声中的诗思与智慧

——《诗经·闵予小子之什》

扬之水

闵予小子

闵予小子，遭家不造，嬛嬛在疚①。

於乎皇考，永世克孝。

---

① 毛传："疚，病也。"郑笺："闵，悼伤之言也。造，犹成
也。可悼伤乎，我小子耳，遭武王崩，家道未成，嬛嬛然孤
特在忧病之中。"嬛，三家诗作𦊆。《汉书·匡衡传》载衡
上成帝疏曰："《诗》云'𦊆𦊆在疚'，言成王丧毕思慕，
意气未能平也。"颜师古注："𦊆𦊆，忧貌。"吕祖谦引朱
子旧说云："成王免武王之丧而朝于庙，玩其辞，知其哀
未忘也。"（《吕氏家塾读诗记》）

87

念兹皇祖，陟降庭止①。

维予小子，夙夜敬止。

於乎皇王，继序思不忘②。

《颂》是祭祖时候的舞乐，其舞容如何，乐音如何，早是看不到也听不到了，但文字在，文字的气韵在，翻此遗编，仍不免要进到史的空气里，虽然这也许会离诗远，但说不定也可以从别的一面而离诗更近。

既是祭祖，自然要有颂扬，但又不仅仅是颂扬，此中仍是在传达一种志意与精神。司马迁说："成王作《颂》，推己惩艾，悲彼家难，可不谓战战恐惧，善守善终哉！"（《史记·乐书》）辅广说《秦风·终南》："古人为颂祷之辞，不徒颂祷而已也，必有劝勉之意寓乎其间，故君子谓之善颂善祷。若徒颂祷而无劝戒之意，则是后世之谀

---

① 毛传："庭，直也。"范处义曰："庭犹庭然，言直而明也。止，语辞也。"（《诗补传》）而三家诗"庭"作"廷"。《汉书·匡衡传》载衡上元帝疏，引《诗》作"念我皇祖，陟降廷止"，颜注解"廷"为"朝廷"。按，若同金文之例，此作"廷"是。

② 毛传："序，绪也。"按，《周颂·烈文》"继序其皇之"，"於乎前王不忘"，此则两句合一句说，意同。

词耳。"(《童子问》)王应麟以为:"商周之《颂》皆以告神明,太史公曰'成王作《颂》,推己惩艾,悲彼家难',至《鲁颂》始为溢美之言,所谓'善颂善祷'者,非商周之体也。后世作颂,效鲁而近谀,又下矣。"(《困学纪闻》)二氏对"善颂善祷"的理解有不同,但却都看到了颂辞中更深一层的含义。其实"善颂善祷"的意思,恐怕还是辅广之说更符合当时人的认识,此也可以以《诗》为证。

三《颂》中,以《周颂》为最好,《闵予小子之什》中的前四篇,其佳又在他篇之上。而它其实也不大好算作颂祷,倒不妨说是抒情之作,虽然与《风》之抒情大不同。

周由西土小国而一举灭商,成为"万方之邦,下民之王"(《大雅·皇矣》),已经备尝艰辛。克商二年,天下未宁而武王逝,时成王尚幼,周公因此摄政,于是有三监之叛。所谓"三监",即武王的三个弟弟管叔、霍叔、蔡叔。武王灭纣,一时不能将殷人势力彻底铲除,因此仍封了纣之子禄父即武庚于殷,同时设立三监,监督于

周成王

武庚近旁。周公摄政，三监生疑，武庚趁机煽惑，三监因此转而联殷同叛。于是又有周公东征。这是周初的几桩大事件。

《闵予小子之什》中的前四首，即此篇与《访落》《敬之》《小毖》，大抵先后同时，都作于成王三年丧毕朝庙之际。时三监之乱已生，而周公东征，诗中所述种种，便有着这些事件的背景。序曰："《闵予小子》，嗣王朝于庙也。"郑笺："嗣王者，谓成王也。除武王之丧，将即政，朝于庙也。"庙，武王庙也。"遭家不造，嬛嬛在疚"，正是此时心情，所谓"成王丧毕思慕，意气未能平"，"其哀未忘也"。

诗里边没有神秘与怪异，也很少夸饰的成分，实实在在的几句话，讲的都是切近的事情。"皇考""皇王"，俱指武王，言"孝"则曰皇考，言"继序"则曰皇王。"皇祖"，则指文王。"於乎皇考，永世克孝。念兹皇祖，陟降庭止"，乃由己之思武王而推及武王之思文王，"念不是悬空思想，乃思慕其所行者而法之，故常若见其形容，与之相接也"（陆化熙《诗通》）。虽然此间有着两重的想象，却仍是很实在的感觉。

"继序思不忘"，行迹虽近乎套语，而其中的意思却很是真诚。继序，犹云缵绪，便是承继先祖之绪以为君。"思不忘"，钱澄之曰："谓当即位之初而益思前王之德也。"（《田间诗学》）"继序思不忘"，此中当然还有深意，《颂》中省言者，已尽详于《雅》，《书》中的周诰之部也反反复复说到。文、武之业，灭纣立国仅其一也，后继者念兹在兹的乃是文、武于观念与法度方面的革除和建立。除殷商的酗酒、荒政以及大规模的人牲人殉之弊，而行畏天、修德、勤政、恤民之新，文武遗绪，自当在是。傅斯年说："殷周之际大变化，在人道主义之黎明。"（《性命古训辨证》）但若把"人道主义"易作"理性"也许更为合适。告别原始的荒蛮固不自周人始，但礼乐制度的建立则的确是周人的事业，而这其中贯穿的正是理性精神罢。

访　落

访予落止，率时昭考[①]。

於乎悠哉，朕未有艾[②]。

将予就之[③]，继犹判涣[④]。

---

① 毛传："访，谋。落，始。时，是。率，循。"朱熹曰："言我将谋之于始，以循我昭考武王之道。"

② 毛传："悠，远。"郑笺："於乎远哉，我于是未有数。言远不可及也。"马瑞辰曰："艾、历与数皆同义，笺释'未有艾'为'未有数'，犹云未有历也。未有历则难及，故笺又言'远不可及'。"（《毛诗传笺通释》）

③ 郑笺以"将"为"扶将"，曰："女扶将我就其典法而行之，继续其业。"

④ 郑笺："犹，图也。"马瑞辰曰："犹训为图，即谋也。判涣叠韵字，当读与《卷阿》诗'伴奂尔游矣'同。伴、奂，皆大也。""《小毖》诗以'小毖'名篇，言当慎其小也，此诗'继犹判涣'，言当谋其大也。作判涣者，假借字耳。"

维予小子，未堪家多难①。

绍庭上下，陟降厥家②。

休矣皇考③，以明保其身。

序曰："《访落》，嗣王谋于庙也。"郑笺："谋者，谋政事也。"苏辙说："《闵予小子》，成王朝庙，言将继祖考之诗也；《访落》，谋其所以继之之诗也。"（《诗集传》）

访落，毛传训"落"为"始"，不过这里的"始"，却不是单纯的开始之"始"。孔广森曰："考'落'之为'始'，大抵始于终始相嬗之际，如宫室考成谓之落成，言营治之终而居处之始也。成王践祚，其诗曰'访予落止'，此先君之终，今君之始也。"（《经学卮言》）那么，"落"之为"始"，表达的是一个终始相嬗之际。顾懋樊曰："'落'

---

① 吕祖谦引朱氏旧说："家，犹言国也。"（《吕氏家塾读诗记》）
② 钱澄之曰："庭，庙庭也。此庭本昭考精神所聚，予继处于此，而在上在下如或见焉，且不惟在庭也，即至燕居于厥家，亦望其陟降不离以保明我也。"（《田间诗学》）
③ 休，美。

93

字极重,昭考艰大之遗始此,小子作求之绪亦始此。"(《桂林诗正》)是也。"访予落止"因此而酝酿了一个气势。

"率时昭考",犹为《闵予小子》中的"继序思不忘"进一解。"於乎悠哉"则仿佛"路曼曼其修远兮",只是诗的音节远较楚骚为促。"未堪家多难",何以要反复申说呢?比如在《小毖》,又比如与"遭家不造,嬛嬛在疚"也是仿佛。这一面是"谋",是"求助",一面则是要用"未堪"的忧惧来运化出肩起的力量。诗的前八句,两句一意,由是一扬一抑叠为转折,到"未堪家多难"正好成一停顿,两层意思亦得完足。

读《闵予小子之什》中的这几篇,自然会记起那一篇有名的毛公鼎铭。鼎是宣王时器,而宣王时代正是所谓周之"中兴"的时代。中兴,便是重新振起衰落的精神。二《雅》中许多有振兴之气的篇章诗序都系于宣王,虽然不尽可靠,但也不至于与史实相去太远。只是细读毛公鼎铭,却是不大见发扬蹈厉,倒是读出一种既忧且惧、兢兢惕厉的心态,与周初的这几篇《颂》诗颇相一致。那么所谓"中兴",好像顶要紧的是重新找回这种心态。

如此又不妨说，只有治世方有敬慎与畏的清醒，或曰有此清醒，才有可能致治。《大雅·烝民》"既明且哲，以保其身"，可以视作"保明其身"的一个解释。朱熹说："明，谓明于理；哲，谓察于事。"那么，这是一种政治智慧罢，而周人在祈祷祖先护佑的虔诚中，也还保持着内省的明智。

敬 之

敬之敬之[①]，天维显思，命不易哉[②]！

无曰高高在上，陟降厥士，日监在兹[③]。

维予小子，不聪敬止[④]。

---

① 《大雅·常武》"既敬既戒"，郑笺："敬之言警也。"《释名·释言语》："敬，警也，恒自肃警也。"是敬、警义通。马瑞辰曰："'敬之敬之'，犹云'戒之戒之'。"(《毛诗传笺通释》)
② 朱熹曰："显，明也。思，语词。"范处义曰："叹天道之甚明，而命不易保也。"(《诗补传》)
③ 毛传："士，事也。"欧阳修曰："无以天高为去人远，凡一士之微，其陟降天常监见之，况于王者乎，其举止善恶，天监不远也。"(《诗本义》)
④ 马瑞辰曰："《广雅》：'聪，听也。''不'为语词。'不聪敬止'，谓听而警戒也，正承上'敬之敬之'而言。"

日就月将，学有缉熙于光明[①]。

佛时仔肩，示我显德行[②]。

    《敬之》一篇，诗序以为"群臣进戒嗣王"，朱熹以为诗的前半是"成王受群臣之戒而述其言"，自"维予小子"以下"乃自为答之之言"。不过孔疏所谓"成王朝庙，与群臣谋事，群臣因在庙而进戒嗣王，诗人述其事而作此歌"，本来也不错。叠言"敬之"，是开篇之得力处，且力贯全篇，而"戒"与"自戒"其实都在意内，或可不必强分。

    顾广誉曰："上二诗敬祖考，此诗敬天，嗣王大法备矣。""命不易哉"，欧阳修解作"言王者积功累仁，至于受命，而王甚艰难也"（《学诗详说》）。此意《雅》《颂》中原不止一见。如《大雅·文王》"宜鉴于殷，骏命不

---

① 范处义曰："谓勉强学问，使日有所成，月有所进，以缉绩熙广其闻见，则亦至乎光明矣。"

② 郑笺："佛，辅也。时，是也。仔肩，任也。"朱熹曰："又赖群臣辅助我所负荷之任，而示我以显明之德行。"张耒曰："德行固道之显者也，而成王尚欲使示之以显德行者，盖学之始其道当然也，以其德行之幽者未足以知之，故曰'示我显德行'。"（《诗说》）

易"，如《大明》"天难忱思，不易为王"，所谓"不易"，都是艰难的意思。周人虽然充满"其命维新"的自信，但始终是把天命看得很现实，并且常常是用它来检点德行。傅斯年说："周初人之敬畏帝天，其情至笃。""其心中之上帝，无异人王，有喜悦，有暴怒，忽眷顾，忽遗弃，降福降祸，命之迄之，此种之'人生化上帝观'，本是一切早期宗教所具有，其认定惟有修人事者方足以永天命，自足以证其智慧之开拓，却不足以证其信仰之堕落。"而"此说有一必然之附旨，即天命无常是也，惟天命之无常，故人事之必修。此一天人论可称之为'畏天威重人事之天命无常论'。"（《性命古训辨证》）曰"智慧之开拓"，很是。周人的信天命，意不在自欺，而在于自励自警，即便起初原有论证周之取代殷商的合理，其意本在求得自信，那么后来自励自警的意思却是更重，则自信的根基可以说是因此而更牢。历经患难而所见者深，"命不易哉"乃是一种很清醒的忧惧感，最后落实在尽人事，正是周人的智慧，《敬之》乃于此尤致惓惓。

天之"日监在兹"的感觉，也是所谓"人生化"的。

《大雅·抑》："无曰不显，莫予云觏，神之格思，不可度思，矧可射思。"《板》："敬天之怒，无敢戏豫。敬天之渝，无敢驰驱。昊天曰明，及尔出王。昊天曰旦，及尔游衍。"神明能够如此无所不在，它的"在"，自然是"在"人心。当然，若拿了属于理想之类者去检视实际，一定会发现其间正是一个可惊的距离，否则诗人也无须再来作《板》作《抑》。不过也正因为如此，我们才会更觉得《诗》里是保存了一点很可宝贵的东西。

"日就月将，学有缉熙于光明"，虽平实，却警策。此言锻炼学问，亦如《卫风·淇奥》之"如切如磋，如琢如磨"，"如金如锡，如圭如璧"。光明之"光"，毛传训"广"，则"明"当是明道之明，澄明之明。如果说"天命"云云尚只是活在历史的空气里与圣贤一群同处，那么"日就月将，学有缉熙于光明"，却是什么时间读到也觉得能为人灌注向善的力量，则它是更近凡人之心罢。它不是铺张的，而是收敛的，它又是充实的，具足的，而可以包容普遍的人生。

小毖①

予其惩而，毖后患②。

莫予荓蜂，自求辛螫。

肇允彼桃虫③，拼飞维鸟。

未堪家多难，予又集于蓼④。

《小毖》更多一点儿抒情的成分，或曰感情的气氛也可。它诚恳诉说心事，讲述一种真实的生存境遇。起首一句"予其惩而，毖后患"，看去是说理，实在不如说它是感叹。诗序曰："《小毖》，嗣王求助也。"虽然也有意见认为此是周公代作，但恐怕还是属之成王而觉得其情更切。《史记·周本纪》："周公行政七年，成王长，周公反政成王。"那么此时成王尚年少，《小毖》一篇似乎可

---

① 郑笺："天下之事当慎其小，小时而不慎，后为祸大，故成王求忠臣早辅助己为政，以救患难。"

② 毛传："毖，慎也。"朱熹曰："惩，有所伤而知戒也。"

③ 朱熹曰："肇，始。允，信也。"

④ 毛传："堪，任。予，我也。我又集于蓼，言辛苦也。"范处义曰："蓼之味辛，予既未堪国家多难之事，则予身又将萃于辛矣。"（《诗补传》按蓼即蓼科植物，有多种，此大抵指水蓼。水蓼古又名辛菜、辣蓼，与葱、蒜、韭、芥合称为"五辛"。

周公像

见神气。

　　“莫予莽蜂，自求辛螫”，毛传释“莽蜂”为“廯曳”，戴震说：“《尔雅》‘卑羍，掔曳也’，注云：‘谓牵挽。’今考诗辞，言我无牵挽，使失行而致辛毒，徒自求得之耳。”(《毛郑诗考正》) 所引《尔雅》，见《释训》之部，注，郭璞注也。“肇允彼桃虫，拼飞维鸟”，毛传：“桃虫，鹪

100

也，鸟之始小终大者。"鹪，即鹪鹩，体特小，长不过十厘米，但曰"始小终大"，释义则不很明确。钱澄之曰："何氏谓经文但言鸟耳，未言大鸟也。拚，《说文》云'拊手也'，鹪鹩巢于一枝，其物至微，以手拊之，则远举而高飞，固居然鸟也，以喻三叔之煽动武庚，遂悍然称兵也。"（《田间诗学》）何氏，即何楷，其说见于《诗经世本古义》卷十，但原话未如钱氏转述得明白。说诗者多喜欢此中之设喻，或曰"用意甚巧，机甚陡"（孙矿《孙月峰先生批评诗经》），或曰"愤懑蟠郁，发为古奥之辞"（姚际恒《诗经通论》），或曰"引喻新警，其意深，其虑远矣"（袁金铠《诵诗随笔》），却似乎是用了后人的眼光看得它深了。"莫予荓蜂，自求辛螫。肇允彼桃虫，拚飞维鸟"，说它是稚拙之气倒也许合宜；"桃虫""飞鸟"，与其说是比喻、暗示，不如说它是和感觉连成一气的。

"未堪家多难"，与《访落》中的句子一字不差，但是紧跟一句"予又集于蓼"，却把"未堪""多难"的意思推到极致。以下似乎应该有自励的话，如"日就月将，学有缉熙于光明"；或是求助之辞，如"佛时仔肩，示我显德行"。然而它不。它戛然而止，出人意外。因为这一收收得太迫促，诗里边的情感仿佛不能够就这样拢住，于是收束处反而是涌出。这同所谓"有余不尽""意在言外"还不是一回事——它本来没有一点儿意思要取巧。它的好，在诗人也是意外。

般

於皇时周[1]，陟其高山，

嶞山乔岳，允犹翕河[2]。

敷天之下，裒时之对[3]，时周之命。

《般》是《闵予小子之什》中的最末一篇，也是《周

---

[1] 皇，大。《周颂·赉》"时周之命"，朱熹曰："时，是也。"

[2] 《诗义折中》："陟，升也。嶞，山之相连者；乔，山之特起者。允，实也。犹与由同。翕，合也。"按，犹，郑笺训图，苏辙训道（《诗集传》）；马瑞辰释犹为顺，"允犹即允若，允若即允顺也，河以顺轨而合流"（《毛诗传笺通释》）。

[3] 毛传："裒，聚也。"李黼平曰："《常棣》'原隰裒矣'，《殷武》'裒荆之旅'，传训聚，皆属人说，此亦当指天下之民。对，如'对扬王休'之对。""言人美而乐之，与名篇为'般'之义合。"（《毛诗紬义》）马瑞辰曰："对犹答也，谓诸侯皆聚于是以答扬天子之休命也。"

《颂》中的最末一篇。序陈其诗旨曰："巡守而祀四岳河海也。般，乐也。"然而却不知道这是属于哪一个王。后人由情理上推测，以为系于成王为近是，即武王克殷二年，天下未宁而逝，恐怕未及巡守，至周公辅成王，做定几件大事，如平三监，营洛邑，制礼作乐，此后周政才得稳定，曰成王巡守祭祀，合于这一段史事中的情理，而《般》之如此气魄，也是应该有这样一个背景的。

诗短，也很少可以生歧异的难字，但仍然有许多不同的理解。若看它是叙事之作，则可偏重祭祀上说，如郑笺："於乎美哉，君视周邦而巡守，其所至则登其高山而祭之，望秩于山川，小山及高岳，皆信案山川之图而次序祭之。""遍天之下山川之神皆如是配而祭之，是周之所以受天命而王也。"也可以就巡守上说，如苏辙："於乎美哉，王之巡行天下也，陟其山岳而道于大河，思其有功于民，是以至于敷天之下无不总答其功者，此周之命也。"（《诗集传》）但也不妨只把巡行全看作诗的背景，至于诗，则只为抒写怀抱。吴士模曰："周谓新邑也，蒙旧号为称，言大哉周也，陟其高山而望之，山阜环抱，河洛交流，拱卫神京，洵形势之壮也。且地居土中，朝贡之便，普天之下莫不聚而归向之焉，岂非天之所以命我周者哉！"（《诗经申义》）虽然没有把诗意阐释得周全，但于胸襟气概之体味大致不差。由此可以发生联想的是铸于成王五年的何尊铭文，据今所知，它是最早提出了"中国"的概念，即所谓"余其宅兹中国，自之牧民"。诗与铭文，便恰好有这样一种精神上的一致。

《般》在《颂》中最是大气磅礴，但自信中依然存着小心翼翼的敬慎与畏。诗中"隋山乔岳"一句味最长。徐玮文曰："自高望下则曰隋山，自下望高则曰乔岳。"（《说诗解颐》）这解释很觉恰切。只是诗所表现的又不仅仅是视角的转换，一俯一仰，俯仰之间，乃是明智和清醒的观照。正是这种自信与敬畏的交织，使颂祷声中始终有着内省的觉悟，要说《周颂》的令人喜欢，便正在这些地方。可以说，周人是开启了一种智慧和开创了一种精神的，此中精华则大半保存在《诗》里。源头之水总是有着清澈的可喜和可爱，尽管这清澈未必全是历史的真实，而也许只是理想的真实。

《九歌·少司命》的解释与欣赏

金开诚

　　《楚辞》中的《九歌》原是一组祭祀鬼神用的乐歌。祭祀形式由男女巫师主持其事，其中有一个是主巫，他或她代表着受祭的男神或女神，并以神鬼的身份在仪式中独唱独舞。其余的巫者则以集体的歌舞相配合，起着迎神、送神、颂神、娱神的作用。《九歌》中有的篇章含有谈情说爱的内容，那都是表现神与神、鬼与鬼之间的恋爱。过去有人认为《九歌》中也有表现神与人或神与巫相爱的，并且以这篇《少司命》为其突出例证。这其实是一种误解。那么《少司命》究竟表现了什么内容呢？在下面的解释中，将回答这个问题。

秋兰兮麋芜，罗生兮堂下。

绿叶兮素华，芳菲菲兮袭予。

夫人自有兮美子，荪何以兮愁苦？（第一章）

这一章是群巫合唱的迎神曲。由于少司命是专管人间生儿育女和儿童命运的女神，很自然地与女性发生密切的关系，所以参加祭祀仪式的也都是女巫。下面第二章说"满堂兮美人"，以及第四章所写的种种情况也可以证明这一点。

本章以"秋兰"四句描述了祭祀现场的背景，显得极为清雅素净。《少司命》全诗犹如一组淡彩工笔连续画，读来令人油然而生恬静悠远、芳香盈溢之感，这与富有特色的背景刻画是分不开的。

末二句"夫人自有兮美子，荪何以兮愁苦"，"夫"

是发语词，"夫人"等于说人们。"荪"是少司命的代称。这二句是群巫以女性代表的身份告诉少司命说，人们在她护佑之下养育儿童情况良好，她也就不必成天为此操心担忧了。两句诗委婉有致地说明了神对人的关怀和人对神的体贴，一下子消除了人与神之间的距离。作者这样来表现神和人的关系，实际是表现了对人类命运的美好愿望。从写作技巧上说，这二句是为少司命降临受祭作了必要的导引。

> 秋兰兮青青，绿叶兮紫茎。
>
> 满堂兮美人，忽独与余兮目成。
>
> 入不言兮出不辞，乘回风兮载云旗。
>
> 悲莫悲兮生别离，乐莫乐兮新相知。（第二章）

这一章是扮成少司命的主巫的独唱词。开头二句是少司命目中所见的现场背景。前人因为不明白这一章与前一章分别为群巫之词与少司命之词，所以就不能解释为什么前章已经说了"秋兰""绿叶"之类，此章又要来

元·张渥《九歌图·少司命》

上一遍。现在我们既已知道两章分属不同身份的歌者，就可以体会这一重复颇有意思，它不仅起到前后呼应的作用，而且少司命一唱这两句就意味她已经来到现场。如果把这二句改为实叙，说道"我少司命从天而降，来到这设祭的厅堂"，那就笨得没法读了。

三四句"满堂兮美人，忽独与余兮目成"，是理解全诗的关键。多少人因为误读了这二句而一错到底。他们以为说这话的人是满堂美人中的一个，意思是少司命独独垂青于我，对我眉目传情。又因为满堂美人既是女性，于是就把少司命说成男神。后来又有人因为确知少司命为女神，只得把满堂美人说成是"美男子"。总之讲来讲去都牵强得很。其实呢，少司命是女神，满堂美人也是女性。说这两句话的不是满堂美人而是少司命。她说自己一到祭祀之处，满堂的美人就都对她眉目传情。这个情，不是男女之间的爱情，而是女神与女性之间的友情。少司命既在天上专管儿童福利，当然应该同辛辛苦苦养育儿童的人间妇女交朋友。这朋友并非满堂美人中的一个，而是满堂美人的全体。

但是少司命刚刚交上了一批朋友，她却又要乘车返航了。进来既没说一说话，临走也未告一告别，所以不胜感慨地说："悲莫悲兮生别离，乐莫乐兮新相知。"这二句之所以成为千古绝唱，一方面是因为两句诗分别概括了全然不同的生活经验，既准确明快，又经得起玩味。另一方面又因为二句合用在这里又极其贴切，相比相映，正好表达了少司命此时此地的情感特征。由于两句诗的工稳对仗与所表现的情事严丝合缝，因此显得犹如天造地设，一点没有斧凿的痕迹。我一直猜想，这两句诗可能对启发后人认识语言对偶之美起过巨大作用；却又怀疑后世有些文人未必全部了解这两句诗所提供的艺术经验，否则他们为什么要片面追求骈俪堆砌，而不在对景切事、表达真情实感上下工夫呢？

荷衣兮蕙带，倏而来兮忽而逝。

夕宿兮帝郊，君谁须兮云之际？（第三章）

这一章是群巫合唱的问词。"荷衣蕙带"是群巫所见的少司命的装束。"倏而来兮忽而逝"，与上章"入不言"二句相呼应，都说明少司命来去匆匆，不过前章是少司命自述，这章是群巫对她的描述；前人不知这一区别，因此又无法解释为什么要有这种词义的重复。其实只要弄清楚这些歌词分别出于什么人之口，就可以看出本篇各章的联系是十分清晰的。

但是此时主巫实际上尚未退场，她只是站在某个高处，离群巫远远的，所以群巫问她：您在天郊云际等候什么人呢？这一想象也很巧妙，引出了下章少司命一段情意深长的答词：

> 与女游兮九河，冲风至兮水扬波。
>
> 与女沐兮咸池，晞女发兮阳之阿。
>
> 望美人兮未来，临风怳兮浩歌。（第四章）

这一章是扮成少司命的主巫的答词。但开头二句经宋代洪兴祖《楚辞补注》指出是《九歌·河伯》篇中的词句窜入本篇的，这个说法为后来《楚辞》研究者所公认。

傅抱石《河伯》

因此这二句可置勿论。三四句紧接上章，对群巫的疑问作了回答，意思是我在天郊等的就是你们（"女"，通"汝"），要和你们一起在天池里洗头发，然后一起在向阳的山弯玩儿一阵，把头发晾干。我们现在已经知道这是少司命女神和她的一群女朋友之间的活动，便觉得这想象很有意思，既亲昵，又大方，还富有生活气息。再想到前人的解释，在这里放上一位"美男子"，便不能不大感别扭了。

但是人间的朋友们怎会跑到天上来呢？因此少司命感到惆怅，不禁当风高歌以抒发她的感情。这些描写进一步表现了她的淳朴和豪放，她既无媚态，也无俗态，只是天性磬露，情真意切，别具一派爽朗自然的风韵。她邀请人间朋友上天来玩固然不能实现，但上天不成情意在，人间的朋友把她想象成有此一番用心，就因为深信这位伟大的女神是与她们同在的。

孔盖兮翠旍，登九天兮抚彗星。

竦长剑兮拥幼艾，荪独宜兮为民正。（第五章）

这一章是群巫合唱的送神曲。诗中想象少司命这时已经远去，带着全副仪仗登上九天，降服危害人类的"扫帚星"（一说是她拿着"扫帚"为人类扫除邪恶与灾祸）。"竦长剑兮拥幼艾"一句最值得注意，它犹如戏曲舞台上英雄人物经过胜利的战斗来了一个最后的"亮相"。那一手挺着长剑、一手抱着幼儿的造型，实在是我国文艺创作历史画廊中最有光辉的形象之一。照我看来，这比之矗立在纽约港口高达九十三公尺的自由神像还更含有积极的斗争经验，也更为深刻地体现了人民群众的美学理想。伟大的少司命，她是这样热爱新生而幼弱的婴孩，保卫他们也就是保卫了人类的未来和希望；而在这个充满了正与邪、善与恶的斗争的世界上，还必须挺着长剑才能完成这个伟大的使命。少司命是这样的懂得爱又懂得恨，这样的温厚善良而又勇敢刚强，怎能不赢得人民群众的赞颂！人民群众谦虚地声称英雄之神少司命最适于为人民做主，而实际上人民群众正是按照自己的本质、自己的理想来创造这一光辉形象的。

世界上一切妄想侵略我们、奴役我们的人，无妨通过少司命的形象来了解我们中华民族，并请不要怀疑，少司命手中的长剑是能够战胜横行在太空之中的各式各样的"扫帚星"的。——当然这只是由本诗引发的联想。

青青河畔草，郁郁园中柳。

盈盈楼上女，皎皎当窗牖。

娥娥红粉妆，纤纤出素手。

昔为倡家女，今为荡子妇。

荡子行不归，空床难独守。

《古诗十九首》是古诗的代表作品，而这首诗的前六句更成为《十九首》的代表，我们在其间认识了美与和谐，生活与情致，古诗的不可及处正在这些寻常而又美好的句子上。这首诗全篇都很平淡，而丽质天成，所谓天衣无缝，我们乃惊讶于那语言的神奇了。

"青青"两字用不着解释。"河畔草"是草生在河畔，古辞"青青河边草，绵绵思远道"，孔夫子又说："逝者如斯夫，不舍昼夜。"青草而在河畔，便随着河水带到了遥远的去处，这遥远之思都被那"郁郁园中柳"的柳色又深锁在园中。青草的寂寞，白居易诗"远芳侵古道，晴翠接荒城"，它遥远而寂寞，那正是一个深思隐藏在郁郁园中的热闹之下。郁郁中包含着一个寂寞，寂寞中又化为一个从容的世界，这是一个矛盾，又是一个和谐，于是我们才看见"盈盈楼上女，皎皎当窗牖"。在这一个小园中，经这楼上的主人一出现，便点缀得更为热闹了，至于那寂寞的是什么，你于此应也可以知道。青是冷意，红是温暖，所谓"红杏枝头春意闹"，岂不是热闹的解释吗？于是这时"娥娥红粉妆"便仿佛这人真穿着一件红衣吧。这一点暖情是一步步暖上来的，这时园里的颜色更多了，园里的空气更浓厚了，忽然来了这么一句"纤纤出素手"，出现得那么自然，却把一切颜色都变为陪衬。东坡词"手弄生绢白纨扇，扇手一时似玉"，那么白净，那么柔和，在一切喧闹中变为一个停留的色相，在一切不同的颜色中变为一个集中的焦点，因为它没有颜色，便成为一切颜色的归宿。而这里一双白手的主人正是那谐和寂寞的中心，寂寞是她的心，谐和是她的性格，于是园里有了小草的深思，有了垂柳的风流，这才成为一个大的谐和。白的纯净它似乎将为一切的颜色所染上，所以那素手便纤纤得如此脆弱，但又没有真的被染上，这便是那素质的美德。诗中一连六个连绵形容词似乎从来没有过，它的难不难于形容词的难得，而难于如此的浑然天成，从草写到柳，从柳写到楼，从楼写到人，从人写到衣袖，从衣袖写到素手，再呆板也没有，却是没有人觉得，因为那颜色是一步步地由青草到绿柳，到了楼头的红颜，到了红妆的衣袖，由青而绿，而粉，而红，由冷落渐渐而如火地燃烧起来，而终于又都停止在一点素净之上，你才觉得这变化真是神奇。双是谐和的象征，中国人早已知道，所以《易·爻辞》以单为刚，以双为柔，双字句连绵而下，与写景之间乃成为一个自然的谐和。

我们常说："一个家里有十个男人还是不像一个家"，换句话说，家的美德是属于女性的，那么无怪乎这一个家园内，万有各得其所，只等待那女主人的出来。而她却有着深藏在谐和中的寂寞。"红了樱桃，绿了芭蕉"，寂寞永远是深藏在热闹之中，才更成为无凭的寂寞。"秋声多，雨相和，帘外芭蕉三两棵"，芭蕉之与樱桃，冷色之与暖色，这之间若有一点的关联，那便是谐和中的寂寞，寂寞中的谐和，也便是在象征着那女性的青春的美德。

西京乱无象，豺虎方遘患。

复弃中国去，远身适荆蛮。

亲戚对我悲，朋友相追攀。

出门无所见，白骨蔽平原。

路有饥妇人，抱子弃草间。

顾闻号泣声，挥涕独不还。

"未知身死处，何能两相完？"

驱马弃之去，不忍听此言。

南登霸陵岸，回首望长安。

悟彼《下泉》人，喟然伤心肝。

"建安七子"之一的王粲，以早慧闻名当世。史载他在十六岁时，即受到著名学者蔡邕看重，倒屣相迎。而在次年，即写出这篇《七哀诗》来，奠定了他在诗坛上的地位。

然而王粲能够写出这样一篇佳作，不能完全归结于他过人的聪颖和才情，而是同他本人亲历的一段特殊生活体验有着直接关连，那就是他在初平三年为避战乱曾从长安向荆州逃亡。这次逃亡给他提供了创作这篇可歌可泣作品的生活基础。

"西京乱无象，豺虎方遘患"，说的就是那场造成空前破坏的汉末战乱。"西京"即长安，长安之乱的祸首是汉末军阀董卓。不过在初平三年的四月，董卓已被以王允等一批朝廷官员所诛。然而，董卓所部西凉军队犹在，他们在李傕、郭汜等头目率领下，变本加厉地肆虐关中，烧杀抢掠，屠戮百姓，长安城内外被祸惨烈。他们又互相反目，彼此攻伐，并且劫持皇帝（献帝）和公卿大臣，

位于襄阳的王粲像与仲宣楼

作为人质。关中生民涂炭，朝纲亦荡然无存，只有那批西凉军阀在横行。"豺虎"一语，准确地道出了他们的本质。"复弃中国去，远身适荆蛮"，说的是诗人自己要离开长安，到荆州去避难。王粲少年盛名，但在朝中并未担任什么官职，虽有公府辟，因关中扰乱，皆不就。眼看着祸乱愈演愈烈，决定出走。当时全国战乱，唯有荆州尚未蒙兵燹之灾，为仅存一片静土，所以士庶多趋之。另外，荆州牧刘表也是山阳高平（今属山西省）人，与王粲同乡，而且刘表与王粲祖父王畅同为桓帝时名士，王畅被誉为"天下美秀王叔茂"，为"八俊"之一，刘表被誉为"海内所称刘景升"，为"八及"之一，可以说他们是世交，所以王粲选择荆州为"远适"之目的地。"中国"，指长安、洛阳一带，古人认为这一地区居天下之中，故称。"荆蛮"，荆州为古代楚地，楚国在先秦时期被视为蛮族之国，故称。汉代荆州的州治在襄阳（今属湖北省），距长安不过千里，然在交通条件不发达的当时来说，不算近了，且长安到襄阳，有秦岭山阻，道路艰险，行走不易，故在诗人的感觉上是"远"的。以上四句，概言时局，并说诗人逃亡荆州之缘由。

"亲戚对我悲，朋友相追攀"，与王粲同在长安的亲戚朋友，他们的处境与诗人相同，因此或互发悲音，或相攀逃亡。此二句写出王粲所生活的士人圈子内的状况，由此可知逃亡者非王粲一人，而是普遍现象。"出门无所见，白骨蔽平原"，始出门即见白骨，可谓触目惊心。此二句运用跌宕开阖手法，先写"无所见"，而后推出满目"白骨"，创造了极为鲜明突出的视觉形象，给读者以强烈的情感上的冲击。此二句与曹操"白骨露于野,千里无鸡鸣。生民百遗一,念之断人肠"(《蒿里行》),曹植"中野何萧条,千里无人烟"(《送应氏诗》),同为描写汉末战乱造成社会大惨剧之名句。关于"出门",一般解作"出家门",然自上下文观,既已"朋友相追攀",已经上路,不得又出家门,故此"门"应是城门。汉乐府中"出东门",即言城门。出了城门,才是"平原",城内无论怎样残破荒凉,

曹操像

不得称"平原"。以上四句，写诗人离家时情状及初出城时所见。全诗的基调已经奠定，即旨在描写战乱之祸患。

以下八句，诗篇由写己转而写人。"路有饥妇人，抱子弃草间。顾闻号泣声，挥涕独不还"，天下母亲，谁个不钟爱自己子女？妇人弃子，显然出于绝对无奈，其原因诗中已经点明，此即"饥"。按，关中本丰饶之区，自董卓乱后，"时三辅民尚数十万户，（李）催等放兵劫略，攻剽城邑，人民饥困，二年间相啖食略尽"（《魏志·董卓传》），"人民饥困"到了人吃人"相啖食略尽"的地步，由此我们可以理解，妇人弃子的惨剧，在当时当地并不是件稀罕事，它只是万千百姓在死亡线上挣扎的一例。而发生惨剧的根本原因，就是西凉军阀"放兵劫略，攻剽城邑"造成的，这完全是人祸，是兵祸。至于这位妇人的内心，诗中也予以委婉写出，"抱子弃草间"，一个"抱"字，写出其不忍。她听到幼儿的"号泣声"，虽然"独不还"，但她不停地"顾闻""挥涕"，表明心中何等痛楚！"未知身死处，何能两相完？"这是饥妇所言。她或许是对着号泣之子在自言自语，或许是对其他路人（包括诗人）

在作解释，总之这是她认识到不但母子不能"两相完"，而且自己也不知身死何处的自白。"驱马弃之去，不忍听此言"，这是诗人自述了。诗人虽也在逃亡者行列，但毕竟还有马可骑。他在目睹弃子情状，又耳闻饥妇自白以后，也不禁悲凄难忍，于是策马离去。他虽然"弃之去"，但这一惨剧场景已深深地刻在他心中。

最后四句又写诗人自己。"南登霸陵岸，回首望长安"，霸陵为汉文帝陵墓，在长安城东南二十余里，诗人出长安不远，无论是"白骨蔽平原"的景象还是饥妇弃子的事件，都只在长安城外。他登上霸陵的高岗，回头可以看到长安城。想汉初文景之治，"扫除烦苛，与民休息"（《汉书·景帝纪》），政治何等清明，社会何等安定，长安帝都，繁荣富足，而今末世陵替，国家破败，生民涂炭，回首长安，顿生无限感慨。这里的一"登"一"望"，字面上无多含义，但兴衰治乱的寄托极深。"悟彼《下泉》人，喟然伤心肝"，《下泉》为《诗经·曹风》篇名，对此诗的传统解释是："思治也。曹人疾共公侵削，下民不得其所，忧而思明王贤伯也。"（《毛诗序》）王粲面对乱

125

世而思治，由思治而想起《下泉》诗来。《下泉》诗中有句云："忾我寤叹，念彼周京。"这种对京城的忧念与慨叹，也正与此时此地的王粲相合，所以诗人与"《下泉》人"，可谓异代知音，彼此深获我心。这里用一"悟"字，揭示了这种情感上的沟通。最后在"喟然"长叹中结束全篇。

总观《七哀诗》，它从诗人自己的避乱逃亡写起，继而写百姓的苦难、写国家的混乱，由己及人及国，诗人一片忧国忧民的赤诚，溢于言表。这种感情具有崇高的性质，这正是诗篇的基本魅力所在。后世许多纪丧乱名作，如杜甫的"三吏""三别"，李商隐的《行次西郊一百韵》等等，未尝不是从这里汲取了养分。对于王粲本人的创作来说，这篇《七哀诗》无疑占据着最重要位置，后人评论王粲诗歌，往往以此作为分析他创作风格的依据。如钟嵘说"其源出于李陵，发愀怆之词"（《诗品》卷上），谢灵运说他"遭乱流寓，自伤情多"（《拟魏太子邺中集诗》），等等，虽未明指篇名，但都是针对这首《七哀诗》而发的。

杨朱泣歧路，墨子悲染丝。

揖让长离别，飘飘难与期。

岂徒燕婉情，存亡诚有之。

萧索人所悲，祸衅不可辞。

赵女媚中山，谦柔愈见欺。

嗟嗟途上士，何用自保持？

　　以上是阮籍《咏怀》二十诗的全文。《晋书》本传上说他"作《咏怀》诗八十余篇，

阮　籍

为世所重"。但也正像《文选》阮诗李善注中所说的，"嗣
宗身仕乱朝，常恐罹谤遇祸，因兹发咏，故每有忧生之嗟。
虽志在刺讥，而文多隐避，百代之下难以情测"。因此，
尽管历代有人对此进行探讨，但仍有不少篇章难得其确
解，上述这首诗就未见有人作出过恰当的阐释。这里我

们试图提出一种新的解说，供大家参考。

理解这首诗的关键，在于认清诗中几个典故的背景和用意。下面先从第三、四句说起。

"飘飘"一词，出于《诗经·豳风·鸱鸮》。《诗序》曰："《鸱鸮》，周公救乱也。成王未知周公之志，公乃为诗以遗王，名之曰《鸱鸮》焉。"这一说法则又出于《尚书·金縢》，司马迁在《史记·鲁周公世家》中也曾承用。但阮籍在形容周公忧惧之心的"飘飘"二字底下接上"难与期"三字，则非直咏原来的史实可知，这里只是反其意而用之，对此表示存疑之意。显然，他是另有一番用意才使用这个典故的。

周公影射何人？不难想到，指的就是曹操。曹操一直自比周公。《短歌行》曰："周公吐哺，天下归心。"建安十五年《让县自明本志令》载，他"所以勤勤恳恳叙心腹者，见周公有《金縢》之书以自明，恐人不信之故"。说明他像当年"周公救乱"一样，怕"成王未知周公之志"，疑其有不臣之心，所以有《鸱鸮》中的"风雨所飘飘"之感。然而不管他怎样信誓旦旦，援《金縢》以自明，阮籍却认为是"难与期",仍然表示不相信。

问题何在？因为曹操决非存心归政于成王的周公，他实际上只是充当了周文王的角色。

建安十七年，曹操入朝不趋，剑履上殿，赞拜不名，如萧何故事。十八年，策为魏公，加九锡。二十一年，进爵为魏王。二十二年，设天子旌旗，出入称警跸，冕十有二旒，乘金根车，驾六马，设五时副车，以五官中郎将曹丕为魏太子。这时曹操的臣下都已按捺不住了，觉得这出周公辅成王的滑稽戏不必再演下去了，于是纷纷有人前来劝进。曹操却说："'施于有政，是亦为政'。若天命在吾，吾为周文王矣。"(《三国志·魏书·武帝纪》裴松之注)这就表明曹操本人不想再去改演其他角色，他已把未来的武王——曹丕安排在接班人的位子上了。

果然，建安二十五年正月曹操去世，同年十月曹丕代汉称帝。一切都在曹操的计划之中。历史的发展表明，"曹公"自明心迹的《金縢》之言，又怎能信以为真？

但当代的这位周武王却并非使用武力夺取天下，因为汉室太衰弱了，于是这一次的改朝换代采取了武戏文唱的方式，曹丕迫使汉献帝用禅让的名义交出了刘氏天下（《三国志·魏书·文帝纪》裴松之注）。

但这样的禅让与原来意义上的禅让毕竟相去太远了。按"禅让"一词，古代亦作"揖让"，指君主真心实意地让贤。只是此风一开，后代那些觊觎权位的人却常是利用"禅让"的名义窃取政权，逼迫主子让出君位了。这令人多么痛心啊！这表明，尧、舜、禹之间那种出之于公心的美好政治理想，已经一去不复返了，所以阮籍慨叹地说"揖让长离别"矣！

曹操为了牢固地控制汉献帝，不让宫廷中再次出现伏后事件，建安十八年还把三个女儿许配给刘姓天子。夫妇好合，"燕婉之求"，这本来是人生的美事，然而却是出于政治上的需要。所以阮诗在"揖让""飘飖"之后，又接上了"岂徒燕婉情，存亡诚有之"二句，把婚姻问题和国家存亡之事联系了起来。同时，由于曹、刘之间的联姻事件随后又有了新的发展，所以阮籍引用了历史上的另一个典故，指出它漂亮的帷幕下掩盖着的悲剧性质。

所谓"赵女媚中山"，本事出于《吕氏春秋·孝行览·长攻》篇,说的是春秋时期通过婚姻而进行的一项阴谋勾当。赵襄子承他父亲赵简子的遗教,谋取代王的国土。他利用"代君好色"的弱点,"以其弟姊妻之",然后"谒于代君而请觞之",席间杀了代君及其从者。"因以代君之车迎其妻。其妻遥闻之状,磨笄以自刺"。阮诗误以"代"为"中山",则是由于魏晋南北朝时的诗人使用典故时比较随便,还不注意考证的缘故(参看黄节《读阮嗣宗诗札记》,萧涤非笔记,载《读诗三札记》)。

赵女发现自己受了欺骗,她的出嫁于人,只是出于父兄政治上的需要,对于她个人的幸福,没有加以一丝考虑,她的悲愤,是可想而知的。女子出嫁从夫,她的利害得失,已与丈夫的地位结合起来,这时她自然会站在夫家的立场来反对兄弟的逼迫。阮籍的这个典故用得何等贴切!现实生活中的那位"赵女",就是已经立为汉帝皇后的曹节,对于曹丕的逼迫也是悲愤异常,站在刘家的立场予以严厉谴责的。《后汉书·(献穆曹)皇后纪》曰:"魏受禅,遣使求玺绶,后怒不与。如此数辈,后乃呼使者入,亲数让之,以玺抵轩下,因涕泣横流曰:'天不祚尔！'左右皆莫能仰视。"这位被充作"媚"物的曹女，大约对其兄导演的禅让闹剧，知之最深，因而也厌恶特甚。

什么周公的《金縢》之志，什么舜禹的揖让之轨，在后代历史中就没有出现过。"揖让长离别，飘飘难与期"，这是诗人的感受，也是活生生的现实。

曹女充当父兄的政治工具，从出嫁那天起就并非单纯为了燕婉之情。她与汉献帝的结合，关系到国家的存亡，然而"祸衅"终究"不可辞"，原因在于"谦柔愈见欺"。这时的汉室帝后已经完全丧失了自卫的能力，只能为号称"周公""舜""禹"的野心家所摆布，叫他们演出什么戏就照本宣科。"萧索人所悲"，何况那些身临其境的人，曹女只能"涕泣横流"，而敏感的诗人也就"怵惕常若惊"了。

《文心雕龙·事类》篇中说："事类者，盖文章之外，据事以类义，援古以证今者也。"阮籍在《咏怀》诗其二十中援用上述几件"古"事，它所证明的"今"事，只能指曹氏父子与汉献帝之间的关系，除此之外别无他事可作解释。因为司马氏父子没有把女儿许配过曹氏的三位幼主。

但阮籍写作这诗可也不能理解为只是针对曹氏一家而言。他所抒发的郁愤，如此深沉，如此真切，因为他在现实生活中也有亲身的感受，他对此有切肤之痛。

"揖让""飘飖"等事，不光发生在汉末魏初，而且在他眼前又一次重现了。司马氏父子俨然是当代的"周公"，而且正在紧锣密鼓地准备重演"舜禹之事"。不幸的是，阮籍本人也卷入了这一历史事件之中。

权臣的谋取政权，完成"禅让"的典礼，事先总要经过封王、加九锡的准备，表示他功烈辉煌，可以继承前朝基业而无愧。魏元帝曹奂景元四年，司马昭进位相国，封晋公，加九锡，完成了"禅让"前的准备。而这篇劝说司马昭接受殊礼的大作，却是出于阮籍的手笔。这也就是保存在《文选》中的《为郑冲劝晋王笺》一文。

"司马昭之心，路人皆知"，他们父子三人的阴险毒辣，又远远超过了曹氏父子。阮籍对于这些政治活动的用意，自然洞若观火。他是多么不愿意干这违心的勾当！但由于他文名太大，而谄媚逢迎如太傅郑冲之流却偏要借重他的文章来劝进，阮籍虽想托醉推辞，无奈那些人偏不肯放过，还要派人前来催逼，阮籍深知此中利害，也就不再采取消极抵制的办法，一气草成此文呈上。就在这一年阮籍也就去世了，因而未能看到后年演出的"禅让"大典，但这一切都在他的意料之中。"揖让长离别，飘飘难与期"，他对眼前发生、亲身经历的事有着极为深刻的体会。

这就可以回到诗的开端来了。"杨朱泣岐路，墨子悲染丝"，阮籍引用《淮南子·说林篇》中的这两个故事，列于全诗之首，抒写他的心情，定下了一个悲慨的基调。人在纷乱的政局中彷徨。面前的岐路，可以往南，可以往北，稍一不慎就会误入歧途；本色的素丝，可以染黄，可以染黑，浮华的外形常是掩盖着本质。世事翻覆，无所定准。自命忠诚的人，却包藏着祸心；进行龌龊勾当时，却穿戴起神圣的黻冕。冷眼旁观的人，既不能退出舞台，有时还不得不前去充当不愉快的角色。阮籍有感于此，自然要既悲且泣了。

阮籍本是局外的人，与"禅让"双方都没有什么深

墨 子

的关系，也不像那些趋炎附势的人那样想要从中得利，然而世事如此不由自主，污秽的政治漩涡，硬是把他卷入其中，于是他在诗的结束时沉痛地问道："嗟嗟途上士，何用自保持？"这是发自内心的悲叹：生逢乱世，何以保此洁白之躯？

沈德潜《说诗晬语》曰："阮公《咏怀》，反覆零乱，兴寄无端，和愉哀怨，俶诡不羁，读者莫求归趣。"但若掌握住作者思绪的脉络，联系其时代背景，则还是有可能推究其用意之所在。即如《咏怀》二十这一首，似乎迷离恍惚，不可捉摸，然而试作探究，则又觉得章法甚明，每一句话都可以找到着落。只是诗中的寓意大家为什么视而不见，原来过去的研究工作者总是有一种成见，以为阮籍乃阮瑀之子，而阮瑀是曹操的僚佐，因此大家都把他看作忠于曹魏政权、反对司马氏父子的坚定分子。这种看法有其合理的地方，阮籍确是不满于司马氏父子的弄权，同情曹氏子孙的萧索，但他既未受知于曹氏，也不愿为司马氏出力，用诗中的话来说，他只是一名"嗟嗟途上士"罢了。阮籍是受老庄思想影响很深的人，齐物等量，并不忠于一家一姓，因此他既不是司马氏的佞臣，也不去做曹氏的忠臣，后人硬要把他归入曹魏阵营之中，有些篇章也就难于作出解释了。

阮籍"本有济世志"，对自魏明帝起的腐败风气甚为不满，但他对曹操、曹丕加以抨击，却是从未有人想到过。其实阮籍持有这种观点也是容易理解的。《晋书》本传上说他"尝登广武，观楚汉战处，叹曰：'时无英雄，使竖子成名。'"可以想见，他对当代那些逐鹿之徒难道会看得比"竖子"还高明些么？"竖子"之中，难道不可以包括曹操父子和司马懿父子么？

阮籍眼界开阔，好作哲理上的探索。他在《咏怀》诗中的见解，统观古今世变，洞察当前人情，因而悲愤郁塞，歌哭无端。钟嵘《诗品》评其诗曰："言在耳目之内，情寄八荒之表"，也就点明了《咏怀》诗的特点：言虽浅近易晓，然而寄托的理想，抒发的感情，却是俯仰今古，感喟莫名。

古往今来，在君权的争夺上演出了一幕幕的丑剧，使他感到由衷的厌恶，于是他设想有那么一个社会，没有君臣之别，没有强弱之分，大家都能顺其自然，尽其天年。《大人先生传》中形容这种无君的社会是："明者不以智胜，暗者不以愚败；弱者不以迫畏，强者不以力尽。盖无君而庶物定，无臣而万事理。保身修性，不违其纪，惟兹若然，故能长久。"这种政治理想，正是他在多次经历了"周公见志""舜禹揖让"之后才提出来的。

郁郁涧底松，离离山上苗；

以彼径寸茎，荫此百尺条。

世胄蹑高位，英俊沉下僚；

地势使之然，由来非一朝。

金张籍旧业，七叶珥汉貂。

冯公岂不伟？白首不见招！

　　这是左思著名的《咏史》诗中的第二首。

诗一开头就用比兴的手法，以涧底松来比喻

怀才不遇的寒士，以山上苗来比喻凭借门阀世代卿相的士族，深刻地揭露了西晋社会"上品无寒门，下品无势族"的畸形现象，对扼杀人材的门阀制度发出了愤慨的抗议。其态度之激烈、笔锋之尖锐，在整个西晋六朝都是不多的。"郁郁涧底松，离离山上苗"这一艺术形象打动了不少后世文人，南朝范云曾写过《咏寒松》诗，初唐王勃也写过《涧底寒松赋》，来抒发怀才不遇的苦闷。可见左思《咏史》诗揭示的社会问题的广泛意义，及其经久不衰的艺术魅力。

左思（约250—305）字太冲，今山东淄博人。出生在一个社会地位卑微、世业儒学的家庭里。他的父亲左熹起于小吏，凭借才能擢授殿中侍御史。在父亲的激励下，左思勤奋致学，终至博学多才。但他貌丑口讷，不善交游，直到弱冠之年，仍闲居家中。他曾写过一篇《齐都赋》（全文已佚，尚存若干片断），接着又准备创作另一篇体制宏大、事类广博、被后人称为"五经鼓吹"的作品——《三都赋》。但他深为自己见识不广而苦恼。正好他的妹妹左棻因文才出众，被晋武帝选入后宫。公元272年前后，左思趁送妹之便移居洛阳。这就为他提供了良好的创作条件。为了博览群书方志，他求为秘书郎；为了力求真实，又曾向到过蜀地的张载请教。经过近十年的艰苦努力，在公元280年灭吴前夕，《三都赋》终于问世了。一时间豪富人家竞相传写，以致洛阳为之纸贵。这当然是因为当时文坛重赋，而《三都赋》又写得文采富丽的缘故，但更重要的原因还在于它包含了当时朝野上下关心瞩目的内容：进军东吴、统一全国。《三都赋》通过对蜀、吴、魏的描写，勾画了一幅三国鼎立的历史画面，并在《魏都赋》中热情地预言西晋将统一全国。显然，《三都赋》表现了左思早年的政治抱负和进取精神。左思的这种精神状态与西晋初期的国势很有关系。左思到洛阳之际，正值西晋被唐太宗赞为"民和俗静，家给人足，聿修武用，思启封疆"（《晋书·武帝纪》）的鼎盛时期，晋武帝正雄心勃勃地筹划着一统天下，朝政也比较稳定。这种比较振奋的国势无疑激发了左思建功立业的热情。而且左思之所以惨淡经营《三都赋》，也很可能受汉代司马相如、扬雄因赋而得官的启发，所以《三都赋》写成后，他恐不为时人所重，还请皇甫谧为之延誉。这些都表现了左思强烈的用世之心。

左思早年的政治抱负和生活理想，更明确地反映在《咏史》诗中。在第一首中，他自认才华出众，不仅"著论准《过秦》，作赋拟《子虚》"，具有可与贾谊、司马相如并肩的文才，而且"虽非甲胄士，畴昔览穰苴"，熟谙兵法，理所当然地企望在统一中国的征战中有所作为。他写道：

> 长啸激清风，志若无东吴。
>
> 铅刀贵一割，梦想骋良图。
>
> 左眄澄江湘，右盼定羌胡。
>
> 功成不受爵，长揖归田庐。（《咏史》之一）

然而平吴之役并没有给左思"铅刀一割"的机会。二十多年来，他一直在官场周旋。晋惠帝元康年间，他曾为权贵贾谧讲《汉书》，参与"二十四友"之游。但始终不得重用，官止秘书郎。

这是为什么呢？一方面是由于西晋统治者的腐朽，

大统一带来的兴盛并没有维持多久。据史载，平吴之后晋武帝骄心滋起，"遂怠于政术，耽于游宴，宠爱后党，亲贵当权"，种下了"八王之乱"的祸根。到晋惠帝后期，更是朝政日非。国势不振，左思建功立业的理想更无从实现。他写过一首《杂诗》："高志局四海，块然守空堂。"他不得不怀着壮志未酬的痛苦，坐视年华流逝。另外一个很重要的原因是，封建门阀制度对人材的扼杀。左思生活的年代正是门阀制度日趋严密的时期。这时候，以血缘区别士庶的门阀理论虽尚未确立，但司马氏政权本身就是以士族统治为基础的，根本不可能阻止门阀制度的恶性发展。晋武帝本人的门阀观念也非常之重，甚至为他"北伐公孙，西拒诸葛"的将门世家感到羞愧，而用与名门士族结亲的手段来抬高皇族的地位。在这种情形下，没有门阀背景的人，其进仕之路的坎坷不平是可想而知的了。这一点，左思是有切身感受的。我们开首所举的《咏史》之二结尾句："冯公岂不伟？白首不见招！"正是左思本人备受压抑的一生的写照。在《咏史》之七中，他借咏主父偃、朱买臣、陈平、司马相如等人，写道：

英雄有屯邅，由来自古昔。

何世无奇才，遗之在草泽！

　　这沉雄凝炼的诗句，倾诉了他怀才不遇的愤慨。多年的官场生活也使左思对官场中的黑暗、权贵们的腐化都有比较深刻的认识。在《咏史》之五中，他表示自己不做"攀龙客"，而要"被褐出阊阖，高步追许由；振衣千仞冈，濯足万里流"，态度坚决，情绪激昂，决没有通常"归隐"之作那种言不由衷的矫情和无可奈何的哀怨。他坦率地表示了自己的醒悟，对峨峨高门里的王侯们投以极大的蔑视。他还赞美功成不受赏的鲁仲连、寂寞著书的扬雄，赞美荆轲"高眄邈四海，豪右何足陈"的傲岸态度，宣称：

贵者虽自贵，视之若埃尘；

贱者虽自贱，重之若千钧。（《咏史》之六）

　　这种处世态度和生活理想，包含着对门阀等级制度

144

的大胆抗议。

由于时代和阶级的局限，左思虽然在现实生活的打击下，从早年不切实际的幻想中清醒过来，对黑暗现象进行了尖锐的揭露，但是在现实中，他又不可能找到一条更有意义的出路。他从一个雄心勃勃的志士转变为"饮河期满腹，贵足不愿余"（《咏史》之八）的"达士"。元康末年，战乱蜂起，他退居洛阳宜春里，专意典籍。齐王冏召他为记室督，也辞疾不就。公元303年，河间王颙的部将张方纵兵大掠洛阳，左思迁居冀州，数年后病卒。《咏史》诗第二首至第八首，真实地反映了左思后期的矛盾苦闷及其对生活的认识。

关于《咏史》诗的写作年代，有人据"长啸激清风，志若无东吴"句，推断第一首当作于平吴之前。至于这八首是否系一时之作，众说不一，因史料缺乏，难以论定。不过，这八首诗内容连贯，前呼后应，风格一致，完整地表现了作者一生的经历及思想转变，即使不是一时之作，写作时间也当相近。其中第四首赞扬寂寞著书的扬雄，似是他退居宜春里、专意典籍的自我写照；第五首讲"被褐出闾阖"，闾阖指帝都，似为他迁居冀州张本。至于第一首中所写早年抱负，不妨看成是晚年追忆之作，不必拘泥于当时。疑《咏史》诗当是左思晚年（公元 300 年之后）总结一生、回顾往事之作。

刘勰说："左思奇才，业深覃思，尽锐于《三都》，拔萃于《咏史》。"（《文心雕龙·才略》）虽然写《咏史》诗并不是左思首创，班固、王粲、曹植等都写过，但他们大都是一诗咏一事，在客观事实的复述中略见作者的意旨；而左思"或先述己意，而以史事证之；或先述史事，而以己意断之；或只述己意，而史实暗合；或只述史事，而己意寓"（张玉谷《古诗赏析》），往往错综史实，连类引喻，"咏古人而己之性情俱见"（沈德潜《古诗源》），古人史实在他的笔下成为直斥现实、直抒胸臆的素材。这是对《咏史》这一题材的创造性运用。梁代钟嵘《诗品》称其"文典以怨，颇为精切，得讽喻之致"，正因为左思在《咏史》诗中针砭现实、抒写胸臆，所以他的诗歌具有充实的思想内容。这就使同时代的大量片面追求形式、内容贫乏的作品难以与之并肩。

《咏史》诗八首在艺术上也是成功的。左思和当时的诗人一样，多用对偶句，像"冠盖荫四术，朱轮竞长衢"，"世胄蹑高位，英俊沉下僚"等，都写得很工致。一般说来对偶句用多了，往往失于呆滞平板。但《咏史》诗第一首和第四首，几乎全是对偶句，却因为感情充沛，而显得很有生气，音韵铿锵，击节可歌，很恰当地表现了诗人沸腾的心绪。左思也讲究炼字炼句，但不失其自然本色，像"高步追许由"一个"高"字，写尽了恃才傲物的神态；"振衣千仞冈"的"振"字，活脱脱地勾画出诗人与世俗决裂的行径，均有画龙点睛之妙。左思祖述汉魏，但是不像陆机那样"束身奉古，亦步亦趋"（陈祚明《采菽堂古诗选》），而是在其中倾诉真实感受，自不必依傍古人，落落写来自成大家。所以能"似孟德而加以流丽，仿子建而独能简贵，创成一体，垂式千秋"（同上）。钟嵘曾批评左思不"文"，"野于陆机"。这是囿于齐梁时尚的偏见，后世评论者多持异议。吴淇就说："昔谓亚于士衡，殆就其词句而论耳。若其造诣所得，较士衡则远迈之矣。"（《六朝选诗定论》）尤其值得注意的是，《咏史》诗语言朴实，气势遒劲，虽然倾诉了诗人的郁闷、痛苦，却没有流露颓唐的情调，在雄浑连贯的诗句中激荡着壮志不已的悲凉之气，很有建安文学慷慨任气的风韵。所以王夫之曾说："三国之降为西晋，文体大坏，古度古心，不绝于来兹者，非太冲者焉归？"（《古诗选评》卷四）左思《咏史》诗的风格不仅在西晋文学中独树一帜，而且同整个南朝文学相比也很突出。钟嵘称之为"左思风力"。"左思风力"对古典诗歌的传统风格是有影响的，它曾直接熏陶了东晋大诗人陶渊明，唐代陈子昂提倡诗歌革新、反对齐梁"采丽竞繁，而兴寄都绝"的形式主义诗风时，得讽喻之致的左思便受到很大推崇，陈子昂的《感遇》三十八首，显然受到左思的影响。今天，左思所抨击的黑暗时代已一去不返了，但他的《咏史》诗作为珍贵的古典文学遗产，那沉雄悲凉的诗句仍然会扣动人们的心弦。

感时叹逝 推理散忧

——王羲之《兰亭诗》

杨明

悠悠大象运，轮转无停际。

陶化非吾因，去来非吾制。

宗统竟安在？即顺理自泰。

有心未能悟，适足缠利害。

未若任所遇，逍遥良辰会。

三春启群品，寄畅在所因。

仰望碧天际，俯瞰绿水滨，

寥朗无涯观，寓目理自陈。

大矣造化功，万殊莫不均。

群籁虽参差，适我无非亲。

猗与二三子，莫非齐所托。

造真探玄根，涉世若过客。

前识非所期，虚室是我宅。

远想千载外，何必谢曩昔。

相与无相与，形骸自脱落。

鉴明去尘垢，止则鄙吝生。

体之固未易，三觞解天刑。

方寸无停主，矜伐将自平。

虽无丝与竹，玄泉有清声。

虽无啸与歌，咏言有余馨。

取乐在一朝，寄之齐千龄。

合散固其常，修短定无始。

造新不暂停，一往不再起。

于今为神奇，信宿同尘滓。

谁能无此慨，散之在推理。

言立同不朽，河清非所俟。

东晋穆帝永和九年（353）暮春，王羲之与一代名士谢安、孙绰等宴集于会稽山阴之兰亭，为风流千古之盛会。其所作《兰亭集序》，亦千载传诵之名文。唯会上诸人所作《兰亭诗》，却少为人们所言及。其实诗、序合观，更能领会当日名流的心绪。上面所引便是王羲之的一首。诗共五章，以下分章加以解说。

第一章，写举行兰亭宴集时的心情——为宇宙运化而感叹。

"悠悠"四句是说宇宙运转永无止息，万物的陶甄变化、倏去倏来都是自然规律，非人力所能参与和控制。"大象"，用《老子》四十一章"大象无形"语，这里可理解为冥冥中支配宇宙的根本力量，也可理解为宇宙万物的总体。这四句是议论，也是为岁月不居、时节如流而慨叹。

古代哲人面对神秘、永恒的宇宙运化，早已激起探究的欲望：驱遣这伟大运转的力量到底是什么？这林林

王羲之书法《兰亭集序》

总总的一切，到底有没有个头绪？谁能说出个究竟？汉代天人感应之说，认为有意志、有情感的"天"，便是凌驾于万物之上的宗主，魏晋玄学否定了这种看法，而其本身又有种种派别。何晏、王弼提出"以无为本"，说万物存在、变化的根据就在万物之中，其名曰"无"。但"无"是什么？它没有任何具体性质，抽象而又抽象，普通人看来实在玄妙难测。向秀、郭象则说万物都自然而然地产生、运化，并没有什么力量在那里支配驱策。"宗统竟

"安在"之句正反映了漫长历史时期内人们的哲理思索，当然也包含着诗人自身的困惑和感喟。

诗人之所以感叹，是因为人永远也无力对抗这伟大的运化。那么该怎么办呢？诗人说该"即顺"、"任所遇"。"顺"是《庄子》中的概念。《大宗师》："且夫得者，时也；失者，顺也。安时而处顺，哀乐不能入也。"变化是永恒的，而"得""失"则是暂时的，都与一定的时间相联系：当某一时刻来临时有所得者，必然顺着时间的流逝而失去。

人们对此既无能为力，便"但当顺之"（《庄子·天运》注），当以"无心"的态度泰然处之，"无心而无不顺"（《庄子·齐物论》注）。如果"有心"，那就会为利害得失纠缠怨苦，不得安宁。诗人的结论是：对此暮春烟景，还是不要伤时叹逝吧，还是该逍遥自得，呼朋啸侣，一起来欣赏这大好春光。这也就是他与友人宴集的动机所在。

第二章，写观赏山水群品，获得神畅理得之趣。

"寄畅在所因"，承上一章末二句而言。因即依、顺之意。不仅要做到随遇而安，还要随遇而乐，有意识地随其所遇而求畅神之趣。观赏大自然自是其重要途径之一。"仰望"二句，即《兰亭序》中的"仰观宇宙之大，俯察品类之盛"，由此正可"极视听之娱"，自由地从造物者之无尽藏中获取精神的愉悦。

而当此仰观俯察之际，诗人同时也在悟"理"。原来在晋宋人眼中，山水"质有而趣灵"（宗炳《画山水序》），而此灵趣又与宇宙之理交融而不可分，山水原是"道""理"的体现。因此，对于大自然的审美观照，同时也就是哲理的领悟。故曰"寓目理自陈"。这种领悟当然带着直觉甚至神秘的意味，正与那"妙处难与君说"的审美愉悦的获得相似。

"大矣造化功"以下四句便是诗人所悟之理。"群籁"，指诗人耳闻的大自然中种种音响，亦喻群品、万物。《庄子·齐物论》以山林群籁为喻，说明万物虽千差万别，但都自然而然，"道通为一"；在"道"的面前它们都是齐同、平等的。"万殊莫不均"之说就是受此种观点影响。深受《老》《庄》熏陶的诗人，看着崇山峻岭、茂林修竹等等都沐浴在灿烂的春阳之下，平等地享受着造物的恩惠，那么生动繁复，又那么和谐统一，自然很容易涌起一种万物均齐的情愫；而且感到自己也作为平等的一员回归到这无限和谐之中，与万物相亲，"万物与我为一"（《庄子·齐物论》）。故曰"群籁虽参差，适我无非亲"。诗人融入忘怀物我的无差别境界之中，这境界是哲理的，也是审美的。与王羲之同时的简文帝入华林园，说："不觉鸟兽禽鱼自来亲人。"（《世说新语·言语》）也是类似的感受。

第三章，歌咏与会者具有托心于《老》《庄》的共同志趣。

"莫非齐所托"，意谓与会者有共同的精神寄托，即

《老》《庄》玄理。"造真"之"真",指宇宙的真谛妙理。"玄根"用《老子》六章语:"玄牝之门,是谓天地根。"老子将天地万物的产生,喻为一位伟大母亲的诞育,这里即指万物之所由生存、发展的玄妙根由。"涉世若过客"喻人生短促。《庄子·齐物论》说人不该忧惧死亡,惧怕死亡者好比是少小离家客游而不知归返一样。当然死之悲哀究竟难以摆脱,故"人生天地间,忽如远行客"(《古诗十九首》)之慨屡见于吟咏。王羲之于此也是欲超脱而又不能。他还是只能以安时处顺、随顺自然自解。"前识"二句即表明此种心情。前识,远见卓识,语出《老子》三十八章。《老子》认为世人所谓"前识",用尽机巧之心,实乃"道之华而愚之始",因为它违背"自然"的原则。王羲之此处说不企羡聪明卓识,要紧的是"体道",即听任自然的化迁,那样方能心境空明,不生烦恼。"虚室是我宅"便是说,追求心之清明,乃是我们的依归。"虚室"指心,《庄子·人间世》有"虚室生白"之语。

"远想"四句,歌颂与会诸人的交游乃是体道之交。诗人另有一首四言《兰亭诗》云:"咏彼舞雩,异世同流。"

指《论语·先进》所载"浴乎沂，风乎舞雩，咏而归"之事，所怀想的是孔门弟子。当时与会者诗中也多有尚想古人之意，或仰庄周，或怀巢、许。"何必谢曩昔"，言我等今日之游亦不让古人。"相与无相与"用《庄子》语。《庄子》说体道者的交往与世俗不同。他们如"鱼相忘乎江湖"那样，"相忘乎道术"，所谓"君子之交淡若水"（《山木》）；因此说是"相与于无相与，相为于无相为"（《大宗师》）。这种交往自亦不拘形迹，不拘守世俗礼教，故云"形骸自脱落"。

第四章，仍述体道以求心境安宁之意，且描写聚会之乐。

"鉴明"二句用《庄子》语。《德充符》："鉴明则尘垢不止，止则不明也。"又《齐物论》注："凡非真性，皆尘垢也。"诗人意谓当不断祛除性灵中不合自然之道的东西，不然鄙吝之心即利害、得失、生死种种纠缠又将复生。这些纠缠如同桎梏，系因违背天道(即自然之道)而生，乃天之所加，故称"遁天之刑"（《庄子·养生主》）、"天刑"（《庄子·德充符》）。解脱之法，当"以死生为一条，以可不可为一贯"，忘怀得失，泯灭物我。这固然不易，而美酒三杯,倒也有助于进入此种无差别境界呢。"方寸"指心。心灵须无所滞碍,无所执著,则矜持浮躁之气自可消释。

"虽无"以下数句写聚会之乐。左思《招隐》:"虽无丝与竹,山水有清音。"言自然山水之乐胜过人为的音乐,此用其意(后来梁昭明太子亦曾咏左思这两句诗)。《兰亭序》云:"虽无丝竹管弦之盛,一觞一咏,亦足以畅叙幽情。"也正与此呼应。王羲之这一意念还与他将兰亭会比照西晋石崇的金谷盛会有关。石崇《金谷诗序》说到过"琴瑟笙筑""鼓吹递奏"之乐。"咏言有余馨"不仅指赋诗,清谈析理也可称"咏"。清谈也正是晋宋士人生活中的重要内容,是他们娱悦心意的重要手段。"取乐"二句,是说按庄子齐同万物的思想,一朝与千载并无区别,则自亦无须为今日良辰之短暂而惆怅了。

第五章,呼应首章,再次致慨于新故变迁。

"合散"句说万物变迁乃恒久之至道,人之生死亦然:"人之生,气之聚也。聚则为生,散则为死。"(《庄子·知北游》)"修短定无始",无始即无始无终。具体的人或物有其或长或短的存在期限,但从"道"的观点看来,生

158

并非起始，死亦非终结。因为死只是化为异物而已，它恰是另一形态的物的新生；人生虽"修短随化，终期于尽"，但"道"则无始无终。此即《庄子·秋水》所谓"万物一齐，孰短孰长？道无终始，物有死生"。话虽如此，但当此时节变换之际，敏感的诗人仍极易发生新故之感，"造新"二句即抒发此慨。诗人于此是很自觉的，他在别处也说过："新故之际，致叹至深。"（《法书要录》卷十）生死使人感慨；"向之所欣，俯仰之间，已为陈迹"，神奇倏忽化为尘滓，也是叫人难以释怀的。此恨绵绵，唯以"推理"（老庄之理）以消释之。但结尾说立言不朽，却仍流露出企求永存的愿望。"河清非所俟"即人寿短促之意（用《左传·襄公八年》语："俟河之清，人寿几何！"）。生命是短促的，但企求声名的不朽。"言立"指会上赋诗而言。《金谷诗序》已说"感性命之不永，惧凋落之无期"，故具列与会者官号、姓名、年纪，并写其诗，以贻后人。兰亭赋诗，同样有此意图。

总观全诗，以感时念逝、举行宴集发端，以赋诗立言、企求永恒结尾，其主旨在于以《老》《庄》玄理排遣生命流逝的愁怀。全诗和平冲淡,恰与《兰亭序》斥《庄子》"一死生为虚诞,齐彭殇为妄作"的慷慨激烈相反。诗、序并观,便可见出诗人内心冲突之尖锐:既要以《老》《庄》散愁,又觉得《老》《庄》虚妄不实;虽明知其虚妄,仍不能不借重于彼。"岂不痛哉!"

此诗属于所谓"玄言诗"。玄言诗笼罩东晋诗坛达百年之久,而因其充斥《老》《庄》理语,既无华美辞藻,又无强烈的情感力量,故南朝时便受冷遇,以至流传至今者寥寥无几。但从此诗可以看出,其多为理语,并不仅因当时人好清谈、富于理论兴趣,也因当时人的情感深为玄理所浸润。其诗虽辞意夷泰,不能使人性灵摇荡,但作诗者却未必不是情之所钟。余嘉锡先生便说:"盖右军亦深于情者,读《兰亭序》,足以知其怀抱。"(《世说新语·言语》笺疏)东晋士人深于情者正复不少;玄言诗之平淡,至少一部分正体现了作者企图解脱情之困扰所作的努力。由玄言诗窥探当时人的心态,遥想其名士风流,该也是另有一番风味的罢。

明彻达观　新奇真实

——陶渊明《挽歌诗》三首

吴小如

有生必有死，早终非命促。

昨暮同为人，今旦在鬼录。

魂气散何之，枯形寄空木。

娇儿索父啼，良友抚我哭。

得失不复知，是非安能觉！

千秋万岁后，谁知荣与辱？

但恨在世时，饮酒不得足。（其一）

在昔无酒饮，今但湛空觞。

春醪生浮蚁，何时更能尝！

肴案盈我前，亲旧哭我旁。

欲语口无音，欲视眼无光。

昔在高堂寝，今宿荒草乡；

一朝出门去，归来良（一本作"夜"）未央。（其二）

荒草何茫茫，白杨亦萧萧。

严霜九月中，送我出远郊。

四面无人居，高坟正嶣峣。

马为仰天鸣，风为自萧条。

幽室一已闭，千年不复朝。

千年不复朝，贤达无奈何。

向来相送人，各自还其家。

亲戚或余悲，他人亦已歌。

死去何所道，托体同山阿。（其三）

多年来我一直坚持一种看法，即陶渊明诗文应读全

明·王仲玉《陶渊明像》(部分)

集，无须遴选；而陶诗明白如话，尤不必加以评论和赏析。至于陶之为人，亦久有定论，再施品评，尽属辞费。近时重读陶诗，觉得他的三首《挽歌诗》(本集题作《拟挽歌辞》)极有新意。于是泚笔略陈心得，算是填补我几十年来不谈陶诗的空白吧。

　　陶诗一大特点，便是他怎么想就怎么说，基本上是直陈其事的"赋"笔，运用比兴手法的地方不多。故造语虽浅而涵义实深，虽出之平淡而实有至理，看似不讲求写作技巧而更得自然之趣。这就是苏轼所说的"似枯而实腴"。魏晋人侈尚清谈，多言生死。但贤如王羲之，尚不免有"死生亦大矣，岂不痛哉"之叹；而真正能勘破生死关者，在当时恐怕只有陶渊明一人而已。如他在《形影神·神释》诗的结尾处说："纵浪大化中，不忧亦不惧。应尽便须尽，无复独多虑。"意思说人生居天地间如纵身大浪，沉浮无主，而自己却应以"不忧亦不惧"处之。这已是非常难得了。面对生与死，他竟持一种极坦率的态度，认为到了该死的时候就任其死去好了，何必再多所思虑！这同他在早些时候写的《归去来辞》结尾处所说的"聊乘化以归尽，乐夫天命复奚疑"，实际是一个意思。

这种勘破生死关的达观思想，虽说难得，但在一个人身体健康、并能用理智来思辨问题时这样说，还是比较容易的。等到大病临身，自知必不久于人世，仍能明智地认识到这一点，并以半开玩笑的方式（如说"但恨在世时，饮酒不得足"）写成自挽诗，这就远非一般人所能企及了。陶渊明一生究竟只活了五十几岁（梁启超、古直两家之说）还是活到六十三岁（《宋书》本传及颜延之《陶征士诔》），至今尚有争议，因之，这一组自挽诗是否临终前绝笔，也就有了分歧。近人逯钦立先生在《陶渊明事迹诗文系年》中就持非临终绝笔说，认为陶渊明活了六十三岁，而在五十一岁时大病几乎死去，《拟挽歌辞》就是这时写的。我对陶渊明的生卒年缺乏深入研究，不敢妄议；但对于这三首自挽诗，却断定他是在大病之中，至少认为自己即将死去时写的。而诗中所体现的面对生死的达观思想与镇静态度，毕竟是太难得了。至于写作时间，由于《自祭文》明言"岁惟丁卯，律中无射"，即宋文帝元嘉四年（427）九月，而自挽诗的第三首开头四句说："荒草何茫茫，白杨亦萧萧。严霜九月中，送我出远郊。"竟与《自祭文》时令全同。倘自挽诗写作在前，何其巧合乃尔！因此我以为仍把这三首诗隶属于作者临终前绝笔更为适宜。

第一首开宗明义，说明人有生必有死，即使死得早也不算短命。这是贯穿此三诗的主旨，也是作者生死观的中心思想。然后接下去具体地写从生到死，只要一停止呼吸，便已名登鬼录。从诗的具体描写看，作者是懂得人死气绝就再无知觉的道理的，是知道没有什么所谓灵魂之类的，所以他说"魂气散何之，枯形寄空木"，只剩下一具尸体纳入空棺而已。以下"娇儿""良友"二句，乃是根据生前的生活经验，设想自己死后孩子和好友仍有割不断的感情。"得失"四句乃是作者大彻大悟之言，只要人一断气，一切了无所知，身后荣辱，当然也大可不必计较了。最后二句虽近诙谐，却见渊明本性。他平生俯仰无愧怍，毕生遗憾只在于家里太穷，嗜酒而不能常得，此是纪实，未必用典。不过陶既以酒与身后得失荣辱相提并论，似仍有所本。盖西晋时张翰有云："使我有身后名，不如即时一杯酒。"（《晋书·文苑》本传）与此诗命意正复相近似。

此三诗前后衔接，用的是不明显的顶针续麻手法。第一首以"饮酒不得足"为结语，第二首即从"在昔无酒饮"写起。而诗意却由入殓写到受奠，过渡得极自然，毫无针线痕迹。"湛"训没，训深，训厚，训多（有的注本训澄，训清，似未确），这里的"湛空觞"指觞中盛满了酒。"今但湛空觞"者，是说生前酒觞常空，现在虽然灵前觞中盛满了酒，却只能任其摆在那里了。"春醴"，指春天新酿熟的酒。一般新酒大抵于秋收后开始酝酿，第二年春天便可饮用。"浮蚁"，酒的表面泛起一层泡沫，如蚁浮于上，语出张衡《南都赋》。这里说春酒虽好，已是来年的事，自己再也尝不到了。"肴案"四句，正面写死者受奠。"昔在"四句，预言葬后情状，但这时还未到殡葬之期。因"一朝出门去"是指不久的将来，言一旦棺柩出门就再也回不来了，可见这第二首还没有写到出殡送葬。末句是说这次出门之后，再想回家，只怕要等到无穷无尽之日了。一本作"归来夜未央"，指自己想再回家，而地下长夜无穷，永无见天日的机会了。意亦通。

从三诗的艺术成就看，第三首写得最好，故萧统《文选》只选了这一首。此首通篇写送殡下葬过程，而突出写了送葬者。"荒草"二句既承前篇，又写出墓地背景，为下文烘托出凄惨气氛。"严霜"句点明季节，"送我"

167

句直写送葬情状。"四面"二句写墓地实况，说明自己也只能与鬼为邻了。然后一句写"马"，一句写"风"，把送葬沿途景物都描绘出来，虽仅点到而止，却历历如画。然后以"幽室"二句作一小结，说明圹坑一闭，人鬼殊途，正与第二首末句"归来良（夜）未央"相呼应。但以上只是写殡葬时的种种现象，作者还没有把生死观表现得透彻充分，于是把"千年"句重复了一次，接着正面点

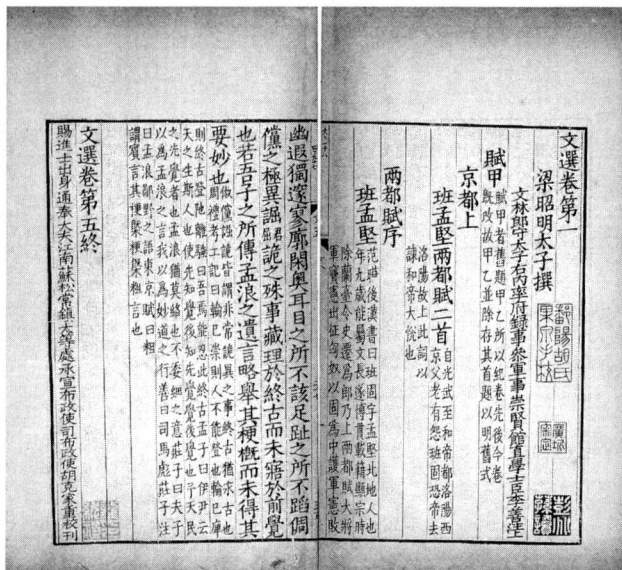

《文选》书影

出"贤达无奈何"这一层意思。盖不论贤士达人，对有生必有死的自然规律总是无能为力的。这并非消极，而实是因勘得破看得透总结出来的。这一篇最精彩处，全在最后六句。"向来"犹言"刚才"。刚才来送殡的人，一俟棺入穴中，幽室永闭，便自然而然地纷纷散去，各自回家。这与上文写死者从此永不能回家又遥相对照。"亲戚"二句，是识透人生真谛之后提炼出来的话。家人亲眷，因为跟自己有亲缘关系，想到死者可能还有点儿难过；而那些同自己关系不深的人则早已把死者忘掉，该干什么就干什么去了。《论语·述而篇》："子于是日哭，则不歌。"这是说孔子如果某一天参加了别人的丧礼，为悼念死者而哭泣过，那么他在这一天里面就一定不唱歌。这不但由于思想感情一时转不过来，而且刚哭完死者便又高兴地唱起歌来，也未免太不近人情。其实孔子这样做，还是一个有教养的人诉诸理性的表现；如果是一般人，为人送葬不过是礼节性的周旋应酬，从感情上说，他本无悲伤，葬礼一毕，自然又可以歌唱了。陶渊明是看透了世俗人情的，所以他反用《论语》之意，索性直截了当地把一般人的表现从思想到行动都如实地写出，这才是作者思想上真正达观而毫无矫饰的地方。陶渊明之可贵处亦正在此。而且在作者的人生观中还是有着唯物的思想因素的，所以他在此诗的最后两句写道："死去何所道，托体同山阿。"大意是，人死之后还有什么可说的呢，尸体已托付给大自然了，使它即将化为尘埃，同山脚下的泥土一样。这在佛教轮回观念大为流行的晋宋之交，真是十分难能可贵的唯物观点呢！

至于我前面说的此三首陶诗极有新意，是指其艺术构思而言的。在陶渊明之前，贤如孔孟，达如老庄，还没有一个人从死者本身的角度来设想离开人世之后有哪些主客观方面的情状发生；而陶渊明不但这样设想了，并且把它们一一用形象化的语言写成了诗，其创新的程度可以说是前无古人。当然，艺术上的创新还要以思想上的明彻达观为基础，没有陶渊明这样高水平修养的人，是无法构想出如此新奇而真实、既是现实主义又是浪漫主义的作品来的。

殷先作晋安南府长史掾，因居浔阳，后作太尉参军，移家东下，作此以赠：

游好非久长，一遇尽殷勤。

信宿酬清话，益复知为亲。

去岁家南里，薄作少时邻。

负杖肆游从，淹留忘宵晨。

语默自殊势，亦知当乖分。

未谓事已及，兴言在兹春。

飘飘西来风，悠悠东去云。

山川千里外，言笑难为因。

良才不隐世，江湖多贱贫。

脱有经过便，念来存故人。（据《四部丛刊》景印宋刊巾箱本《陶渊明集》）

从理解难易的角度来说，陶渊明诗可分为两类。一类是寄兴深微的，如《述酒》《饮酒》《拟古》《杂诗》《读山海经》等；此外诸诗则属于另一类，大都是平易好懂的。《与殷晋安别》诗即属此类。但是如果深入研寻，这首诗的涵义也并不浅近。

诗序中所谓"殷晋安"，指殷景仁，"太尉"，指刘裕。据逯钦立先生考证，这首诗作于义熙八年。因为刘裕于义熙七年三月为太尉，辟殷景仁为参军当在三月之后，而渊明诗中说，他与殷相别是"兴言在兹春"，那当是第二年，即是义熙八年的春天，这年渊明48岁。

殷景仁是热衷功名而有政治才能的人。《宋书》卷六十三《殷景仁传》说："景仁学不为文，敏有思致，口不谈义，深达理体，至于国典朝仪，旧章记注，莫不撰录，识者知其有当世之志也。"像这样的人才，一定是要在政治上寻找上进之路的。当义熙七八年间（411—412），就国家大势看来，东晋之灭亡已是注定的，而新兴的政治势力首推刘裕。刘裕于元兴三年（404）自京口起义兵，讨灭桓玄，重扶晋室，遂掌握军政大权；后来又击败卢循，削灭南燕，声望日隆。到义熙七年接受太尉官职时，已是势倾朝野。殷景仁如果想投靠一个新的政治势力，刘裕应是最合适的人选。而恰好刘裕对殷景仁又特垂青睐。据《通鉴·晋纪》义熙七年，"三月，刘裕始受太尉、中书监，以刘穆之为太尉司马，陈郡殷景仁为行参军"。刘裕就太尉职之后，立即任命两个太尉府掾属，一是刘穆之，这是他多年倚重的智囊，而另一个则是殷景仁，可见他对殷景仁的特别重视。因为殷景仁的资历还轻，所以被任命为行参军（《通鉴》胡注："行参军，未得与参军事班也。"）。据《通鉴》，刘裕这次又听从刘穆之的推荐，任命谢晦为参军。后来谢晦也受到刘裕的重用。殷景仁以前与刘裕似乎并无渊源，这次任命可谓特达之知，殷一定是受宠若惊，认为此后将托根得所。

陶渊明的政治态度、仕隐思想，与殷景仁则是大相悬殊。陶渊明虽然不一定像后人所说的那样效愚忠于晋室，但是他对晋室是有感情的。他的曾祖陶侃是东晋初名臣，勋业彪炳，其后嗣一直在晋朝做官，故陶渊明看到晋室将要覆灭，还是感到伤痛与惋惜的，《拟古》诗中"种桑长江边"一首，可见其意。至于对刘裕，陶渊明曾于元兴三年（404）为刘裕镇军将军府的参军。那时刘裕是讨灭桓玄、重扶晋室的忠义之臣，所以陶渊明受其征辟，但不久即离去，他大概对刘裕已有所了解。其后刘裕权势日盛，义熙元年（405）三月，刘裕为车骑将军，都督中外诸军事。陶渊明既然无力挽救晋室的灭亡，而又不愿在刘裕政权下做官，所以于义熙元年十一月，弃彭泽令，归隐田园，洁身自好，不再出仕。

按说，陶渊明与殷景仁是不会成为好友的，但是客观的机缘使他们相遇而亲近了。殷景仁因为任晋安南府长史掾，居住在浔阳南里，与陶渊明结邻。而殷景仁的"敏有思致""深达理体"以及博闻强识，是可以与陶渊明谈得来而得到其好感的，所以两人遂"负杖肆游从，淹留忘宵晨"，来往密而友情亲。但是在仕隐进退的大节上，两人的志趣是截然不同的，当然不能长久相聚。现在殷景仁将离开浔阳就太尉参军新职，所以陶渊明作诗赠别。

这首诗在命意、措辞两方面都是很有分寸、很费斟酌的，看似自然，却并非率意。开头八句先述友情，说自己与殷景仁并非多年相识的旧友，只是邂逅相遇，即尽殷勤，信宿（再宿为信宿）清话，越发亲近；去年在南里结邻而居，朝夕过从，形迹亲密。"语默"二句一转，是全诗关键。"语"指出仕，"默"指隐居，这两句意思是说，殷景仁有功名之念，是要出仕的，而自己则愿隐居，所以两人终归是要分手的。"未谓"二句说，没有料到离别之事即在今春到来。"飘飘"四句说，别后各自东西，山川阻隔，难以相晤，表示惜别之情。"良才"二句分说两人，称赞殷是良才，定能贵显，不致湮没，而自己则甘守贫贱，隐于江湖，这即是上文"语默自殊势"之意。结尾二句说，希望殷景仁以后如有经过浔阳之便，还来看望自己，不忘旧友，显出温厚之情。

这首诗真可以说是"文体省净，殆无长语"（钟嵘《诗

耻事二姓克全三朋
高志遐识播之词章

陶渊明

陶渊明像

品》评陶诗语）。读起来，清爽自然，语淡味永。最值
得玩味的是，诗中所述及的陶渊明与殷景仁的人际关系。
陶渊明坚持自己的政治立场，而又不失与殷的友谊。陈
祚明曰："殷先作晋臣，与公同时，后作宋臣，与公殊调，
篇中语极低回，朋好仍敦，而意趣难一也。"（转引自陶
澍编注《靖节先生集》）方东树曰："此人公不重之以为
道义之交，所谓故者无失其为故也。"又曰："一语不假借，

176

亦无讽刺轻慢，青天白日，分寸不溢，公所以为修辞立诚为有道之言也。"（《昭昧詹言》卷四"陶公"）陈、方二人的评论是中肯的。

殷景仁后来果然以政治才能受到宋武帝、文帝的重用，文帝倚任尤笃，累居高位，参与机要，堪称"良才不隐世"者。

陶渊明又有一首《答庞参军》诗，情思内涵与艺术风格和《与殷晋安别》很相似，对照来读，很有意趣。这首诗序曰："三复来贶，欲罢不能。自尔邻曲，冬春再交，款然良对，忽成旧游。俗谚云：'数面成亲旧'，况情过此者乎？人事好乖，便当语离。杨公所叹，岂惟常悲。"诗云：

　　　　相知何必旧，倾盖定前言。

　　　　有客赏我趣，每每顾林园。

　　　　谈谐无俗调，所说圣人篇。

　　　　或有数斗酒，闲饮自欢然。

　　　　我实幽居士，无复东西缘。

物新人惟旧，弱毫多所宣。

情通万里外，形迹滞江山。

君其爱体素，来会在何年。

　　陶渊明与庞参军也并非旧交，而是因结邻熟识的，
他们来往的情况与他和殷景仁的很相似。庞参军也是热
衷出仕的，而陶是"幽居士"，与庞不同，这一点也和他
与殷的相似。渊明这首赠别诗也是真诚坦白，有温情友谊，
而不掩盖两人志趣之分歧。

归隐田园的诗意自白

——陶渊明《归去来辞》

吴战垒

陶渊明的《归去来辞》写于东晋义熙元年（405）十一月，这时他四十一岁，任彭泽令仅八十余天，决定弃官隐居。这篇文章前面有序，叙述他家贫出仕和弃官归田的经过，可以参看。

"归去来兮，田园将芜胡不归？"文章开门见山地喊出久蓄胸中之志，好像长吁一口闷气，感到浑身轻松自在。"归去来兮"，即"回家去啊！"来，表趋向的语助词。"田园将芜胡不归",以反问语气表示归田之志已决。

"既自以心为形役,奚惆怅而独悲!悟已往之不谏,知来者之可追。实迷途其未远,觉今是而昨非。"回顾当时为了谋生而出仕,使精神受形体的奴役,感到痛苦悲哀,现在已觉悟到过去的错误虽然无法挽回,未来的去向却还来得及重新安排。作者引用《论语·微子》中那位避世高人楚狂接舆的歌辞"往者不可谏,来者犹可追",稍加点化,形神俱似。"实迷途其未远,觉今是而昨非",则是觉醒和决绝的宣言。他看穿了官场的恶浊,不愿同流合污;认识到仕途即迷途,幸而践之未远,回头不迟;一种悔悟和庆幸之情溢于言外。这一段是申述"归去来兮"的缘由。寓理于情,读来诚挚恳切,在平静的语气中显示出思绪的变迁和深沉的感慨。

以下想象归家途中和抵家以后的情状。

"舟遥遥以轻飏,风飘飘而吹衣",写船行顺风,轻快如飞,而心情的愉快亦尽在其中。"问征夫以前路,恨晨光之熹微",写昼夜兼程,望归甚切。问路于行人,见暗自计程,迫不及待;唯其如此,方恨路程之长,而嫌时间过得太慢。"恨晨光之熹微"，正是把心理上的归程之长化为时间之慢的感觉，以表现其急切盼归的心情。"乃瞻衡宇，载欣载奔"，写初见家门时的欢欣雀跃之态，简直像小孩子那样天真。"僮仆欢迎，稚子候门"，家人欢迎主人辞官归来，主仆同心，长幼一致，颇使作者感到快慰。"三径就荒，松菊犹存。携幼入室，有酒盈樽"。"三径"，用东汉蒋诩（xǔ）故事。蒋诩于王莽时免官归家，在院子里竹林下开了三条小路，平时只有羊仲、求仲与他交往。这里是说出仕不到三个月，庭院的小路都快要荒芜了。慨叹之余，大有恨不早归之感。所喜手植的松菊依然无恙，樽中的酒也装得满满的。松菊犹存，以喻坚芳之节仍在；有酒盈樽，则示平生之愿已足。由此而带出："引壶觞以自酌，眄庭柯以怡颜。倚南窗以寄傲，审容膝之易安。"这四句写尽饮酒自乐和傲然自得的情景。《韩诗外传》卷九载北郭先生辞楚王之聘，妻子很支持他，说："今如结驷列骑，所安不过容膝。""审容膝之易安"，这里借用来表示自己宁安容膝之贫居，而不愿出去做官了。这与"三径就荒"一样，都是引用同类的典故，仿佛信手拈来，自然合拍，而且显得语如己出，浑然无用典之迹。

接着由居室之中移到庭园之间："园日涉以成趣，门虽设而常关。策扶老以流憩，时矫首而遐观。云无心以出岫，鸟倦飞而知还。景翳翳以将入，抚孤松而盘桓。"这八句写涉足庭园，情与景遇，悠然有会于心的境界。你看他：拄着拐杖，随意走走停停；时而抬起头来，望望远处的景色；举凡白云出山，飞鸟投林，都足以发人遐想。"云无心以出岫，鸟倦飞而知还"，既是写景，也是抒情；作者就像那出岫之云，出仕本属于"无心"；又像那归飞的倦鸟，对官场仕途已十分厌倦，终于在田园中找到了自己理想的归宿。"景翳翳以将入"，写夕阳在山，暮境将至；"抚孤松而盘桓"，则托物言志，以示孤高坚贞之节有如此松。

这一大段，由居室而庭园，作者以饱蘸诗情之笔，逐层写出种种怡颜悦性的情事和令人流连忘返的景色，展现了一个与恶浊的官场截然相反的美好境界。

下一段再以"归去来兮"冒头，表示要谢绝交游，与世相忘；"悦亲戚之情话，乐琴书以消忧"，听家人谈谈知心话，以琴书为亲密的伴侣，尘俗不染于心，也足以乐而忘忧了。"农人告余以春及，将有事于西畴"，春到田野，农民告诉他将要从事农耕了。躬耕田园的生活，在作者笔下显然已被诗化，这与其说是写实，不如说是浪漫的抒情。"或命巾车，或棹孤舟。既窈窕以寻壑，亦崎岖而经丘"。写农事之暇，乘兴出游，登山泛溪，寻幽探胜。"崎岖经丘"承"或命巾车"，指陆行；"窈窕寻壑"承"或棹孤舟"，指水路。"崎岖"双声，"窈窕"迭韵，音节和谐优美，读来有悠游从容之慨。"木欣欣以向荣，泉涓涓而始流。羡万物之得时，感吾生之行休"。触景生感，从春来万物的欣欣向荣中，感到大自然的迁流不息和人生的短暂，而流露出及时行乐的思想。虽然略有感喟，但基调仍是恬静而开朗的。

这一段承上启下，把笔触从居室和庭园延伸到郊原和溪山之间，进一步展拓出一个春郊事农和溪山寻幽的隐居天地；并且触物兴感，为尾段的抒情性议论作了过渡。

尾段抒发对宇宙和人生的感想，可以看作一篇隐居心理的自白。"已矣乎，寓形宇内复几时，曷不委心任去留！"是说寄身天地之间，不过短暂的一瞬，为什么不随自己的心意决定行止呢？"胡为乎遑遑欲何之"，是对汲汲于富贵利禄、心为形役的人们所发出的诘问；作者自己的态度是"富贵非所愿，帝乡不可期"，既不愿奔走求荣，也不想服药求仙；他所向往的是"怀良辰以孤往，或植杖而耘耔。登东皋以舒啸，临清流而赋诗"。良辰胜景，独自出游；除草培土，躬亲农桑；登山长啸，临水赋诗；一生志愿，于此已足。植杖耘耔，暗用《论语·微子》荷蓧丈人"植其杖而耘"的故事；登皋舒啸，则似用苏门山隐士孙登长啸如鸾凤之声的故事。作者分别用以寄寓自己的志趣。最后以"聊乘化以归尽，乐夫天命复奚疑"收束全文，表示随顺死生变化，一切听其自然，乐天知命而尽其余年。这是作者的处世哲学和人生结论，虽然不免消极，但确乎发自内心，而且包含着从庸俗险恶的官场引身而退的痛苦反省，带有过来人正反两面的深刻体验，因而不同于那种高谈玄理、自命清高的假隐士。

这篇文章感情真挚，语言朴素，音节谐美，有如一片天籁，呈现出一种天然真色之美。作者直抒胸臆，不假涂饰，而自然纯真可亲。李格非说："《归去来辞》沛然如肺腑中流出，殊不见有斧凿痕。"欧阳修说："晋无文章，惟陶渊明《归去来辞》而已。"可谓推赏备至了。

然而王若虚曾指摘《归去来辞》在谋篇上的毛病，说既然是将归而赋，则既归之事，也当想象而言之。但从问途以下，都是追叙的话，显得自相矛盾，即所谓"前想象，后直述，不相侔"。对此，钱锺书先生在《管锥编》中已有辨正，并援引周振甫先生的见解："《序》称《辞》作于十一月，尚在仲冬；倘为'追录''直述'，岂有'木欣欣以向荣''善万物之得时'等物色？亦岂有'农人告余以春及，将有事于西畴'、'或植杖而耘耔'等人事？其为未归前之想象，不言可喻矣。"钱先生认为本文自"舟遥遥以轻飏"至"亦崎岖而经丘"，"叙启程之初至抵家以后诸况，心先历历想而如身正一一经"，其谋篇机杼与《诗经·东山》与征人尚未抵家而想象家中情状相类。我以为这样来体味《归去来辞》的谋篇特点是确当而深刻的。陶渊明此文写于将归之际，人未归而心已先归，其想象归程及归后种种情状，正显得归意之坚和归心之切。如果都作为追叙和实录来看，反而失去强烈的情绪色彩和想象的空灵意趣，而且如周振甫先生所说，也不符合实际的写作时间。须知陶渊明是一位很富于创造性想象的诗人，他的《桃花源记》就以丰富的想象，创造出一个幽美逼真的世外桃源，而成为"乌托邦"的始祖；至于那篇颇受卫道者诟病的《闲情赋》，则更发挥大胆的想象，不惜化作所爱者身上的衣领、衣带、发泽、眉黛、席子、鞋子等等，诚如鲁迅所说，这些"胡思乱想的自白，究竟是大胆的"。这种浪漫主义的想象，乃是陶渊明创作的重要特色，也正是构成《归去来辞》谋篇特点的秘密所在。

陶渊明的《和郭主簿》第二首全诗是：

和泽周三春，清凉素秋节。

露凝无游氛，天高肃景澈。

陵岑耸逸峰，遥瞩皆奇绝。

芳菊开林耀，青松冠岩列。

怀此贞秀姿，卓为霜下杰。

衔觞念幽人，千载抚尔诀。

检素不获展，厌厌竟良月。

整首诗重点是因作者目睹肃杀秋景中的奇峰、芳菊与青松，感发兴起对坚贞不移的德操的赞颂。

自从宋玉在《九辩》中发出"悲哉！秋之为气也"的慨叹后，"悲秋"便成为诗歌创作的一个传统主题，不得志的文人作诗言秋必悲，很少有人能落在窠臼外。陶渊明此诗却另辟蹊径，肃杀的秋气在诗人心中引起的感觉不是哀伤，而是振奋。你看：露凝为霜，使得天地间没有一丝飘浮的水气，天空因此显得更高远，景色因此变得更清晰。这秋气不仅荡涤了大自然中的阴霾，而且使诗人的精神为之一振，心境豁然开朗。他注意到了秋色的动人之处：草木凋落，山形变瘦，然而顶峰更高耸挺拔，令诗人"高山仰止"，叹为奇绝；在黯然失色的林中，诗人远远望见耀人眼目的色斑，便欣喜地猜到那是蓬勃怒放的菊花；而在突兀的山岩上，诗人又看到了排列整齐的青松傲然挺立。这些景物从整幅秋色的背景中浮现突出，固然得力于空气的清澄，使诗人的目力倍加，视物更为清楚，但最主要的原因，还在于诗人的情感决定了他的审美选择。

作此诗时，陶渊明尚未结束仕宦生活。为了实现早年的济世理想与解决现实的生计问题，他几次出外谋事。但官场的污浊与诈伪风气，又与他自然、真淳的天性相违拗，使他深感身心受拘束，有如"落尘网""在樊笼"（《归园田居》其一），于是他又几次弃官回乡。有了这一番出仕经历，返朴归真的田园生活对陶渊明自然更增加了吸引力，但看第一首诗中对于闲居之乐的愉快描述即可知。何况，在复归自然中，又包含着诗人对于坚持节操、绝不同流合污这一美好品德的追求。正因如此，他才对卓尔不群的陵岑、松菊表现出特殊的兴趣，并见景生情，借物咏志，在赞赏具有"贞秀姿""卓为霜下杰"的松菊之中，寄托了自己对特立独行的仰慕之情。而"衔觞念幽人"，所怀之人未必是某个具体的人，而是千载以来具有像松菊与陵岑那样孤高自傲、情节自厉品格的高士。陶渊明渴望遵行这些高士的处世准则，毅然脱离浊世。而此志未获实现，他心情郁闷，自悔只是虚度了大好时光。最后两句诗恰好表现了仕宦往复时期陶渊明的思想矛盾。

邱嘉穗对此诗曾作过比较准确的评说："远瞻陵岑之

奇绝，近怀松菊之贞秀，皆与陶公触目会心，实借以自寓其不臣于宋之高节，所谓赋而比也。"（《东山草堂陶诗笺》卷二）当然，邱嘉穗将陶渊明的高节狭隘地理解为"不臣于宋"是错误的，因为从"检素不获展，厌厌竟良月"所写的情况看，此诗当作于义熙元年（405）陶渊明归田前，其时距刘裕代晋（420）尚远。值得注意的是，邱嘉穗认为，陶渊明此诗对自然景物的描写采取了一种"赋而比"的表现手法。所谓"赋而比"，就是说，陶渊明诗中所表现的自然景物可以是现实中实际存在的，但它们却又同时象征着、代表着诗人某种高尚的品德。这一概括对于分析陶诗很有启发性。

陶渊明诗中经常写到的具有现实与象征这双重意义的景物就是松与菊。以《饮酒》二十首中句为例。其四："因值孤生松，敛翮遥来归。劲风无荣木，此荫独不衰。"其五："采菊东篱下，悠然见南山。"其七："秋菊有佳色，裛露掇其英。泛此忘忧物，远我遗世情。"其八："青松在东园，众草没其姿。凝霜殄异类，卓然见高枝。连林人不觉，独树众乃奇。"而《归去来兮辞》写到归来所见，则有"三径就荒，松菊犹存"之景；归来所为，则有"抚孤松而盘桓"之举。可见，陶渊明对松、菊确有偏爱，且于家中东园栽种了松菊。陶渊明对松菊的特殊爱好，以致植于园中、终日相对的原因，就是《和郭主簿》其二中所说的"怀此贞秀姿，卓为霜下杰"，即在松菊的形象上，寄寓了诗人自己超卓的德操。

比德的做法在中国由来已久，孔子就说过"岁寒，然后知松柏之后凋也"（《论语·子罕》）的话。但孔子只是为了说明君子于危难中见其节操的道理而使用了松柏后凋的比喻，这不必一定要有雪压青松的景象在前才说此话。而陶渊明的"青松冠岩列"则是在"清凉素秋节"这一特定时间中的特定景象，青松是作为整个秋景的一个和谐的组成部分而存在的。而这一整幅画面又寓有众木摇落之际、独有青松傲立岩顶的"象外之象"，由此才生发出以下见物思德的诗句来。如果说孔子谈到松柏还只是用松柏来比德，那么，陶渊明诗中的青松则首先是一个具体、真实的存在，同时，诗人又把自己对坚贞品德的赞美之情转移到迎霜挺立的青松形象上，使这一形象成为赋与比结合、统一的产物。

以菊比德可以说是来自屈原。在著名的《离骚》中，屈原曾以"朝饮木兰之坠露兮，夕餐秋菊之落英"比喻自己德行的高洁。它和"折琼枝以为羞兮，精琼靡以为粻"一样，都是为了说明诗人"表里俱澄澈"的精神风貌。陶渊明《和郭主簿》其二中的芳菊则不同，它是秋天特有的景物，并往往用来作为秋景的代表物。因而在这首诗中的出现也十分自然，与全诗的自然背景融为一体，成为秋色图中被放大了的一个局部，展现在读者面前。菊花不仅经霜不凋，而且遇寒怒放。诗人感于外物，联想所及，自然引起对于不同流俗、坚守节操的美德的渴慕。屈原诗中"餐秋菊之落英"的行动，不一定是实有其事，而陶渊明诗中的秋菊则是合现实与象征两重性于一身，带有赋而比的特点。

在诗中使用兼有写实与比喻双重意义的自然风物，是陶渊明诗歌的一个突出特点。这些景物构成了诗歌的自然画面，反映了陶渊明生活或向往的外在环境，也构成了诗歌的基本格调，表现了陶渊明的追求与具有的高尚品德。

结庐在人境，而无车马喧。

问君何能尔？心远地自偏。

采菊东篱下，悠然见南山。

山气日夕佳，飞鸟相与还。

此中有真意，欲辨已忘言。

　　《饮酒》诗共二十首，是陶渊明有名的组诗。一般推断该组诗写于诗人归田（405）之后的第十二年（晋安帝义熙十二年或十三年）。不过，这二十首诗的内容，倒不一定都是讲一年内的事，有的明显是回忆往事，如第四首"栖栖失群鸟"，就是用"失群鸟"自比，抒写归田之初那种乐得其所的欢欣之情。从这二十首诗，可以大致看出诗人归田之后十二年内生活、思想的变化过程。

第五首"结庐在人境"是一首脍炙人口的诗篇，广为后人传诵，反映了诗人归田前期的志趣和情怀。这是一首具有诗的鲜明形象和悠远境界，又蕴含着某种宇宙人生之理的哲理诗。诗中用了"真意""忘言"等玄学用语，更有一种耐人寻味的理趣。

"结庐在人境，而无车马喧。问君何能尔？心远地自偏。"这四句诗，实际上是讲人与现实的关系问题，即生活在现实中的人能否超脱于现实之外的问题。当时道教盛行，宣扬生命"无极"论，说什么只要导养得法，人就可以得道成仙，不但精神不死，肉体也能久视长生。那时，或竦身云霄，或潜泳江海，茫茫恢廓的宇宙，就可任你逍遥翱游了。也就是说，神仙的身形和精神都是超生死、超时空的。陶渊明对这种神仙妄说素抱否定、

采菊东篱下，悠然见南山　清·原济《采菊图》

批判的态度，他认识到，"富贵非吾愿，帝乡不可期"（《归去来兮辞》），即使后来陷入生活的绝境，也决不到神仙世界去寻求精神安慰。因而他弃官而不弃世，归田而不隐遁山林。其实，他所归隐的田园，对官场来说是"隐"，于广大农村现实而言，则不但不是"隐"，倒是步步接近了。这是一方面。然而，他却相信，人的思想或精神，可以孤立地自我净化，或者说，能够超脱于现实之外。这四句诗就是讲这个道理。"结庐在人境"是说生活在现实社会中。"车马喧"指人世间各种烦人的尘杂，也是世人为富贵荣华而奔竞的形象写照。他之所以身居人境而尘杂不染，就因为能做到"心远"。"心远"就是思想上绝弃富贵荣华之念。一个人丢掉了物欲，断绝了尘想，精神就远远超出于尘世之外了。他在《戊申岁六月中遇火》一诗中说："形迹凭化往，灵府长独闲。"在现实生活中，人的形迹常常身不由己，只好任其自然；但人的内心世界却可以超越现实而恬澹虚静。这种渴求精神上超现实的幻想，与当时流行的说法"形居尘俗而栖心天外"（《晋书·隐逸传》），都是当时人们力求从内心苦闷中解脱出来的一种主观愿望。然而，人生活在现实生活之中，又想屏居于现实矛盾之外，那事实上是办不到的，说穿了，不过是自我排遣或解脱的另一说法罢了。这就是所谓"心远"的实质。

"采菊东篱下，悠然见南山。山气日夕佳，飞鸟相与还。"诗人采菊东篱，悠然自得，又逢山气特佳、飞鸟投林的黄昏，大自然的一切都显得和融淳净；此时的诗人，超然冥邈，神逸方外，他的心境与大自然融为一体了！这里，"采菊"二句主要突现诗人乐得其所的"悠然"心境；"山气"二句则明显寓有"众鸟欣有托"的意兴。两者的情趣是相通的。这种主观心境与客观环境的浑融妙合，后人概括为"意与境合"，或"意与境浑"。在诗中，这种主、客两方的交感，主要靠那个"见"字生动地表现出来。苏东坡说，俗本作"望南山"，"则此一篇神气都索然矣"；而着一"见"字，"意境全出"。奥妙究竟在哪里？我以为"见"字之得，主要得之于无心，能使"意""境"妙合自然；而"望"字之失，主要失之于有意，有意则不自然，故破坏了全诗的悠然气象。

然而，从诗的艺术构思上说，"结庐"四句讲超脱，"采菊"四句表现"意与境会"，二者之间，究竟有什么内在联系呢？前面说过，陶渊明讲超脱，只限于个人的精神或心境，即所谓"心远"而已。他认为，要使自己的"心"不受世尘的污染，不受"车马"的喧扰，那就必须痛下决心，放弃功名利禄的追求，返回农村田园，去过躬耕自食的生活。这是挣脱世俗精神枷锁、获得心灵自由解脱的必由之路。而人的心境，如能净化到同大自然一样纯洁、和融、浑朴，那就达到了最理想的精神境界，也就是"心远"的极致。"采菊"四句诗讲的，正是"心远"达到极致的一种艺术境界，它向读者表明：人的主观心境与大自然的客观环境真正浑然妙合了，人的精神也就从尘世之累中彻底地解脱了。诗人在东篱下采菊，他的身形固然属于现实世界，但他当时的心境却"悠然"到与大自然冥会妙合的胜境。可见，前四句是提出问题，并作了结论性的回答，后四句才用诗的形象具体表达这一诗的主题。

"此中有真意，欲辨已忘言。""此中"，指"采菊"四句所表现的意境。"真意"的"真"，在玄学家的概念中，与"自然"是相通的，"真意"就是自然的意趣，它概括了"采菊"四句所表现的意境的本质特征，故清人吴淇说它是"一篇之髓"（《六朝选诗定论》卷十一）。从诗人主观方面说，采菊东篱，悠然自得，这是对宇宙人生之理、造化自然之趣的领悟；从庐山一带傍晚的自然环境说，一切都显得和融浑朴，充满生机，这正是大自然的本色。诗人的悠然情怀与眼前的自然气象，都合于自然之道，因而，主、客二方也就冥会妙合了。这其中的妙谛，在诗人看来，只可意会，难以言传，故曰"欲辨已忘言"。"言意之辨"是魏晋玄学研究的一个基本理论，所谓"得意忘言"，是说"言""象"是得"意"的工具或手段，得"意"不能离开"言""象"；然而，"言"、"象"只是现象，"意"才是事物的本质，故要真正领悟"意"的真谛，又不可凝滞于"言""象"，而应忘言忘象。在这首诗中，诗人从"采菊"四句展示的具体"言""象"中所领悟到的"意"，就是一个"真"字。他认为，"意"既已得，其余辩说都是多余的了；不然，或如《庄子·齐物论》说的："辩也者，有不见也。"（"辩"与"辨"通）辨说愈多，"意"

反而会被"言""象"所淹没。这两句结尾,既点破了全诗的意趣在一个"真"字,又留下不尽之意让读者去体味,这大概就是王国维说的"言外之味,弦外之响"(《人间词话》)了。

陶渊明在这首诗中表现的"真意"即自然之趣,既表现为山水田园的具体"自然",也是诗人主观精神的抽象"自然"。在这里,山水田园的描写不是当作表现诗人心灵"自然"的背景而存在;两者在诗中是浑融混一、难辨彼此的。这种"意与境浑"的艺术境界,乃是现实与理想的统一,客观与主观的统一,有限与无限的统一,一句话,是虚与实在诗歌创作上的辩证统一,它能产生言有尽而意无穷的特殊艺术效果。

景昃鸣禽集 水木湛清华

刘跃进

东晋陈郡谢安紧步琅邪王导之后，执掌朝政，从此，王、谢两大家族成为东晋第一高门；在文化方面，也左右了江东百余年。然而到了东晋末叶，以刘裕为代表的寒门庶族逐渐掌握了北府兵的重权，代晋之势已成。为了抑制豪门大族的势力，刘裕采取了一系列政策，逐步剥夺王、谢子弟的政治特权，迫使他们彻底转向文化士族。谢混及以他为代表的谢家子弟如谢瞻、谢灵运、谢惠

谢灵运像

连、谢庄等就生活在这样的政治文化背景下。他们的创作染上了浓重的时代色彩，并且加速了近体诗的发展进程。这突出表现在两个方面：一是他们的诗歌创作在形式上讲究对偶，注重音律的和谐美；二是他们的诗歌在题材方面更多地描写了山水之美，他们是中国山水诗的拓荒者。

谢灵运的山水诗论者已多，而引导谢灵运走上文学道路的谢混，似乎还不为时论所重。不过，这样说也许不无偏颇之处。举一个再简单不过的例子，"水木清华"四个字享誉中外，谁都知道，清华大学之得名即源于此。这古今传诵的名句实出于谢混之诗。仅此一例，说明近人并没有完全忘却他。

谢混，字叔源，小字益寿，谢安之孙，谢灵运的族叔。《宋书·谢弘微传》载："混风格高峻，少所交纳，唯与族子灵运、瞻、曜、弘微并以文义赏会。尝共宴处，居乌衣巷，故谓之乌衣之游。混五言诗所云'昔为乌衣游，戚戚皆亲侄'者也。"乌衣巷在建康的朱雀桥边，聚集着谢家和王家两大家族。晋宋之际，谢混为谢家中心人物，也为当时政界和文坛的中心人物。钟嵘认为他在文学上的成就可上继郭璞、刘琨等人，评价是比较高的。《昭明文选》卷二十二"游览"类收录的《游西池》，就是谢混有代表性的诗作：

> 悟彼蟋蟀唱，信此劳者歌。
>
> 有来岂不疾，良游常蹉跎。
>
> 逍遥越城肆，愿言屡经过。
>
> 回阡被陵阙，高台眺飞霞。
>
> 惠风荡繁囿，白云屯西阿。
>
> 景昃鸣禽集，水木湛清华。
>
> 褰裳顺兰沚，徙倚引芳柯。
>
> 美人愆岁月，迟暮独如何。
>
> 无为牵所思，南荣诚其多。

清秋时节的西池，给诗人印象最深的，不是赏心悦目的情致，也不是萧杀惨淡的景象，而是劈空而来的"悟彼蟋蟀唱，信此劳者歌"的感慨。《诗经》有这样一首诗："蟋蟀在堂,岁聿云暮,今我不乐,日月其除。"这里用一"悟"字,思接千载,隐然蕴涵了极深沉的人生体验。千百年来,蟋蟀的鸣唱曾牵动了多少诗人情感的琴弦。"劳者歌"隐括了《诗经·伐木》诗意。据说此诗写的是"朋友之道缺,劳者歌其事"。由此引申,不妨也可以看作是对人生艰辛的喟叹。起头两句,以岁月不居、人情飘忽的感慨发端立意,引领全诗,颇有苍凉之感。三四两句紧承上文而来。"有来"句乃由陆云《岁暮赋》"年有来而弃余"衍出,大意是说时光如飞,而惬心的游宴转瞬即逝。以上四句是全诗的第一层次,表达了诗人急于建功立业、珍惜时光的心情。作者生当易代之际,且出身名门望族,自负才地。以往凭藉门第,他或许可以不费气力地谋取官位。随着晋末动乱的加剧以及以寒族刘裕为代表的新兴地主阶层的兴起,号称首户的王、谢大家受到很大冲击。谢混自感失去了往日的优越感,却又不甘心如此随波逐流地沉沦下去。头四句便主要点出诗人这种矛盾和苦闷的心情。在写法上,彼者"蟋蟀唱"与此者"劳者歌"形成了鲜明对照。蟋蟀乃是无情之物,日复一日地吟唱;而"劳者"乃是有情人,年复一年地衰老。由深"悟"彼蟋蟀吟唱的无情之情,更深"信"此劳者长歌的有情之情。此外,"蟋蟀唱""劳者歌"是《诗经》中的诗意,移此是虚写,却也不妨看作是诗人登西池时所亲自闻见,是实写。虚与实在这里如此紧密地结合在一起。

第二层次是从"逍遥越城肆,愿言屡经过"到"褰裳顺兰沚,徙倚引芳柯"为止,共十句,主要写诗人游历过程中的所见实景。诗人从容穿越城肆,虽然以往屡次经过,却从未像这次如此细心地领略大自然的秋景。"回阡被陵阙,高台眺飞霞。惠风荡繁囿,白云屯西阿",沿此路径蜿蜒屈伸,高台眺望,但见飞霞奕奕,白云缭绕,偌大的园林花木葱茏,微风拂荡。

"景昃鸣禽集,水木湛清华。褰裳顺兰沚,徙倚引芳柯"。这里交待了时间背景。景昃,日西斜。夕阳残照,鸣禽欢聚,秋高气爽,水木清华。"鸣"与"湛"下得极空灵。"鸣"给人欢快活泼的听觉印象,而"湛"则给人浏亮光润的视觉形象。正因为如此,诗人才撩起衣襟,小心翼翼地步入兰沚(香草)丛中,攀引香枝,留连徘徊。

这一层，诗人以流畅的笔触抒写了清秋迷人的景致，其中的"景昃鸣禽集，水木湛清华"一联已传为名句。胡应麟《诗薮》称："叔源'景昃鸣禽集，水木湛清华'几与'池塘生春草''清晖能娱人'竞爽。"从思想感情的脉络来看，第一层写得极浓，此一层却写得极淡，反差甚大，而这正是诗人的用心之处；由此便自然地引出了第三层含义。

"美人愆岁月，迟暮独何如。无为牵所思，南荣诫其多"。"美人"，李周翰注："谓友人也。愆，过也，言友人迟晚不至，我将如之何？"美人不一定仅指女性，有时也可以称指男人，这在六朝诗文中不乏其例。不过，在这首诗中，我以为李善注更可取。他认为这是用《离骚》"惟草木之零落兮，恐美人之迟暮"的典故，实有深意。色衰爱弛，正是所谓"以色事他人"的美女的悲剧。既然如此，又有什么办法呢？香草杂芜，美人迟暮，是封建士大夫郁郁不得志时最常用的比喻。结句用了《庄子·庚桑楚》中的典故：庚桑楚弟子南荣趎寻业问道，庚桑楚说："全汝形，保汝生，无使汝思虑营营。"告诫弟子要全身远害，不要苦心钻营世事。诗人以此为知言，感喟道：不要再为世事冥思苦想了，还是想想庚桑楚告诫弟子的话吧。这里，诗人以舒朗闲淡的笔调将愁情荡开。如果说第一层含义是抒写诗人"达则兼济天下"的宏图大志的话，那么，第三层则是写其"穷则独善其身"的落寞情怀。思想感情发生如此大的变化，无疑是那迷人的秋景给了诗人直接的启迪。其过渡的桥梁，正是第二层纯粹的秋景描写。

如果与唐诗相比，这首诗也许算不得上乘之作。但是，如果从诗歌发展史的角度来看问题，就可以看出它的价值。这首诗正产生于晋末山水诗初步形成之时，当时，玄言诗风的影响还有一定势力，模山范水，却难以见到作者的真实情感。相比较而言，这首诗写得情景交融，虚实得间。《续晋阳秋》称诗风"至义熙中谢混始改"。《宋书·谢灵运传论》称："叔源大变太元之气。"《南齐书·文学传论》又说："谢混情新，得名未胜。"从这个意义上说，这首诗在中国诗歌发展史上确应占有一席之地。

梦里相思曲中寻

—— 《西洲曲》通释　李文初

忆梅下西洲，折梅寄江北：

单衫杏子红，双鬓鸦雏色。

西洲在何处？两桨桥头渡。

日暮伯劳飞，风吹乌臼树。

树下即门前，门中露翠钿。

开门郎不至，出门采红莲。

采莲南塘秋，莲花过人头。

低头弄莲子，莲子清如水。

置莲怀袖中，莲心彻底红。

忆郎郎不至，仰首望飞鸿。

鸿飞满西洲，望郎上青楼；

楼高望不见，尽日阑干头。

阑干十二曲，垂手明如玉。

卷帘天自高，海水摇空绿。

海水梦悠悠，君愁我亦愁，

南风知我意，吹梦到西洲。

这首《西洲曲》，郭茂倩编的《乐府诗集》收入"杂曲歌辞"类，认为是"古辞"。《玉台新咏》作江淹诗，但宋本不载。明清人编的古诗选本，或作"晋辞"，或以为是梁武帝萧衍所作。这个问题，目前很难成定论。但从内容和风格看，它当是经文人润色改定的一首南朝民歌，十分精致流丽，广为后人传诵。

此诗以四句为一节，基本上也是四句一换韵，节与节之间用民歌惯用的"接字"法相勾联，读来音调和美，声情摇曳。沈德潜在《古诗源》中说它"续续相生，连跗接萼，摇曳无穷，情味愈出"，确实道出了它在艺术上的特色。然而，如何正确理解这首诗的内容，却是学术界争议已久的问题，直到目前为止，也未能统一认识。

的确，这首诗主要是写一个少女，刻画她思念情侣的炽热而微妙的心情。然而，它既不是以少女自述的第一人称口吻来写，也不作诗人第三人称的客观描述，而是让这位少女的情侣用"忆"的方式来抒写，所以全诗都作男子诉说的口气。后来杜甫的《月夜》，写诗人对月怀念妻子，却设想妻子对月怀念自己，正是使用同样的手法。这是全诗在艺术构思上的总的设想；若不这样理解，那将是越理越乱，最终变成一团乱麻，使人读来神秘恍惚，造成似懂非懂的印象。

"忆梅下西洲，折梅寄江北"。前句的"梅"字确如游国恩先生所说，是不必实指梅花的，很可能就是那位少女的名或姓。我们的抒情男主人在忆及他心中的"梅"时，当然很想前去西洲见她；但这种想法不知为何未能如愿，他无可奈何，只好折一枝梅（应该是梅枝）托人捎到江北去，以寄托他对"梅"的思念。从这两句诗可以看出，西洲是那位女子居住的地方，位于长江北岸；

这位男子必住江南，则是无疑的了。

　　"单衫杏子红，双鬓鸦雏色"。这两句是写女子的仪容。诗中没有从头到脚地铺写，只是突出地写她两点：一是写她身着杏红色单衫，十分好看；二是说她有一头秀发，乌黑油亮，就像鸦雏的毛色，逗人喜欢。这两点在他心目中，大概最足以使他动情了。这样精要地刻画女子的仪容，当然是经过这位男子的美学心理筛滤过的。再说，诗一开头就提到"西洲""江北"，甚至以"西洲"题篇，实因为他的爱侣住在那儿；他要"下西洲""寄江北"，都因为在他的心目中，"西洲""江北"与"梅"是交织在一起的。所以"折梅寄江北"，实寄给江北的女子，也就是那位"单衫杏子红，双鬓鸦雏色"的"梅"。基于这种理解，我们在第二句后用上一个冒号，似乎诗意就更为显豁。余冠英先生指出，这两句诗透露了明显的季节特征，是很有道理的。我们想想：什么时候穿单衫？什么季节杏子红？鸦雏出世又在哪个月份？难道不都在春夏之交么？所以说，这位男子"忆梅"的"此时"应当是春夏之际，因知那寄往江北的梅也只能是梅枝了。

以上四句可说是全诗的序曲，"西洲在何处"到"海水摇空绿"，凡二十四句，是这首诗的主体，也是写得最有声色的精华所在，具体写这位男子对"梅"的"忆"。因为欲往而不能，故引出他的"忆"来，这是很自然的事，也符合他当时的心理。诗人在这里通过"梅"的举止和景物的交织描写，十分自然地映衬出她炽热、纯洁而又微妙的思念情侣的心境，写得声情摇曳，给人一种色调鲜明而又情意微婉的感觉。

"西洲在何处"等六句是从方位上由此及彼，一步一步地叙及那女子。开始提出女子住在何处的问题作引子，慢慢引导到她的住处。温庭筠《西洲曲》中有"艇子摇两桨，催过石头城"之语，可知"两桨桥头渡"是说摇起小艇的两桨就可直抵西洲桥头的渡口。上了码头，如果是仲夏时节，必见伯劳飞鸣，连同江风吹拂洲上的乌臼，使人顿生凄清之感。而"梅"的家正在那乌臼树下。诗由"桥头渡"而及"乌臼树"，由树而及门，再由门而及"梅"——那位头戴翠玉首饰的女子。这是他以往赴西洲找她时的必经之路，所以印象极深。但他忆及这些物事，

明·仇英《采莲图》

说穿了还是因为这些物事最能勾起他对"梅"的忆念。

"开门郎不至"以下十八句集中写"郎不至"时"梅"的强烈反应。大概他们原先有约,他要到西洲见"她"的,可是开门一见,他没有来,而是托人捎来一枝梅。此时的她,心情如何,那是可想而知的了。"情"在她心里翻腾,看不见,摸不着;诗人要写出她那抽象的"情",便要借助于具体的"形",这"形"就是读者可感的关于"梅"的举止的描写,而这一切又都是"他"的"忆"中的想象。

读到这里，敏感的读者一定会发现：怎么出门采的是六月的"红莲"，低头弄的是八月的"莲子"，举头望的却又是深秋时节才有的"飞鸿"呢？原来，将一件事分解成几种不同场合来串写，在民歌中并非罕见，大家熟悉的《木兰诗》不是有"东市买骏马，西市买鞍鞯，南市买辔头，北市买长鞭"的写法吗？你若觉得不合生活逻辑，问作者为什么不写成一次买齐，那固然不无道理，但要知道，那些民间诗人在这种情况下，往往专注于写出诗中主人的"情"，至于合不合生活常理，他们似乎觉得无关紧要。还有，我们不要忘了，这里是写抒情男主人对他的情侣的"忆"，既是忆念或忆想，那他"忆"中浮现的"信息"呈现某种跳跃的联缀，也是完全符合"忆"的心理特征的。这种跳跃联缀能真实反映出某种情感或情绪，但不一定符合生活逻辑。这种情形，我们只要联系一下自己的生活感受就清楚了。

再有一个问题是：《西洲曲》的抒情主人为什么会想象"梅"去采莲呢？这大概有两个原因：一是因为"梅"是水乡姑娘，采莲是她最喜爱的活动，那儿男女青年欢歌嬉戏，充满诗情画意，写她带着失意的心情去采莲，或许是借此聊作宽慰吧。再是"莲"与"怜"谐音，富有双关意味，那时"怜"的意思犹如今天说"爱"或"爱人"。你看她对"莲"的态度是多么深情："莲子清如水"说明她把自己的爱情视若清纯的水。"莲心彻底红"，难道不是两心相爱,热得通透底里的象征("红"是炽热的象征)？"置莲怀袖中"，亦见出她对"莲"的珍惜之情。这些描写，无不生动而委婉地揭示出她在"忆郎"时的内心秘密。

然而，诗并未到此为止，"他"还进一步想象她"仰

216

首望飞鸿"、"望郎上青楼"。过去有鸿雁传书之说，"望飞鸿"就是盼望他的书信。其实，此时的她，即使真的接到他的信也未必使她满足，所以又想象她"上青楼"。我们不必泥于"青楼"是妓院还是富贵人家所居，在这里不过是泛指一般高楼罢了，目的在于写出她热切盼望见到"他"的心情。"望郎"自然是望穿秋水，但她还是望了一整天（"尽日栏杆头"可证）。这时，天色渐晚，她罢休了

清·闵贞《纨扇仕女图》

吗？没有（"卷帘天自高，海水摇空绿"二句可证）。原来是隔帘相望，天色晚了，视野渐渐模糊了，"卷帘"正是为了继续望下去。帘子是卷起了，眼前所见，唯有高高在上的"天"和茫茫摇荡的"海"，他终于没有来。下

217

面如何？诗中没有再说，留给读者去玩味了。

"卷帘天自高，海水摇空绿"二句解说纷纭。我认为若能联系"梅"当时的心境来考虑，诗意还是比较清楚的。今天广州人仍"江""海"不分，如"过江"说"过海"，河里航船翻沉叫出海事，或许南朝时候长江流域的水乡，也是"江""海"不分的。"摇"形容水波荡漾。"绿"是傍晚时分江水变暗的颜色，北朝郦道元在《水经注》中也曾以"绿"状写江水（如"素湍绿潭"），"摇空绿"就是"空摇绿"。因为"他"从江南来江北，必取水道，像往常一样，"艇子摇两桨"，故此处说的"海水"必指江水无疑。这里，"自"字、"空"字下得最精妙。杜甫《蜀相》诗云："映阶碧草自春色，隔叶黄鹂空好音。"这一"自"一"空"，显然是取法于《西洲曲》的。杜甫这两句诗，表面看来像写武侯祠的"景"，实际上是抒他瞻仰武侯祠时的"情"，其中的奥妙，就在"自""空"二字。本来，"映阶碧草""隔叶黄鹂"都是春天美好的景物，然而这碧草、黄鹂对于此时怀着无限景仰之情的诗人来说，却是不相干的了，所以说碧草"自"有春色，黄鹂"空"弄好音，这样就把诗人专事凭吊的虔诚突现了出来。我们弄通了杜甫这两句诗的用意，再来看《西洲曲》"卷帘"二句，就不难理解了。本来卷帘所见，是高天绿水，一片空濛，但她对此十分淡漠。一"自"一"空"，将眼前美景全给抹煞了。二句大意是说：天啊，你"自"管高吧，海啊，你不过"空"摇其绿。"自"说明与己无关，"空"是徒然无谓之意（二字实为互文对举，可以互训）。足见卷帘不是为了玩赏美景，而是为了继续"望郎"。

"海水梦悠悠"等最后四句，是全诗的尾声，写抒情主人从"忆"中回到现实中来的情状，真是余韵无穷。"海水梦悠悠"中的"海水"只起勾接上句的作用，该句含义主要在"梦悠悠"三字。"梦"并非"梦寐"之"梦"，实为上文"忆"的另一种说法。我们今天常说"梦想"，"想"有时就像"梦"。总之，此处"梦"字应当理解为"他"对"她"的忆念，也就是中间那一大段关于"梅"的想象。既然是"忆"，是"梦"，那就不一定实有其事，故曰"悠悠"，"悠悠"正是"忆""梦"的特征。我们在前面谈到，对于"忆"中出现的物事，不能按现实中的常理去推求，原因就在"忆"同"梦"一样，原本是"悠悠"然的。

"君愁我亦愁"，"君"与"我"对举，说明"君"是指"梅"了。"君愁"即抒情主人对"梅"的忆想，是虚写；"我亦愁"是由"忆"勾起的真情，是实实在在的。这句诗还再次证明中间二十四句是"他"对"她"的"忆"，试想，如果没有"君愁"的想象，就不致引出"我亦愁"的情感来。可见，诗的作者尽管在艺术构思上用意深微，但在诗思的关节处还是作了点染的，这关节就是先言"忆"，后言"梦"，再加一句"君愁我亦愁"。这三处确是揭开本诗艺术构思奥妙的关键。

"南风知我意，吹梦到西洲"。南风能吹到西洲，又证明西洲是在江北；而南风与杏红、鸦雏一样，不也是春夏之交才有的么？说明抒情主人"忆梅""折梅"的时节确在春夏之际。可见此诗是首尾呼应，前后统一的。

要言之，这首诗的前四句为序曲，后四句是尾声，由抒情主人诉说自己。中间二十四句为全诗主体，是抒情主人因忆念他的情侣而想象对方亦想念他，通过"她"的种种情状的描写，生动地塑造了一位美丽轻灵、纯洁多情的少女形象。

诗坛天马早行空

——鲍照《拟行路难》二首　蔡义江

　　奉君金卮之美酒，玳瑁玉匣之雕琴，七彩芙蓉之羽帐，九华葡萄之锦衾。红颜零落岁将暮，寒光宛转时欲沉。愿君裁悲且减思，听我抵节行路吟。不见柏梁铜雀上，宁闻古时清吹音？（其一）

　　洛阳名工铸为金博山，千斫复万镂，上刻秦女携手仙。承君清夜之欢娱，列置帷里明烛前。外发龙鳞之丹彩，内含麝芬之紫烟。如今君心一朝异，对此长

叹终百年。（其二）

　　鲍照的《拟行路难》在中国诗歌发展史上是具有里程碑意义的作品。自唐宋始，歌行体大发展，早在南朝宋的鲍照，便是最杰出的先驱者；而《拟行路难》组诗又是其全部歌行体创作实践中的代表作。所以，我选了其中两首来鉴赏。

　　汉乐府中原有《行路难》的歌谣，晋人改变其音调而制作新词，但汉谣与晋词都早已不存。文人拟乐府旧题而创作的诗，唐以前往往还加上"拟""代"一类字，后来不加，如李白所作就称《行路难》，性质也还是一样。《乐府解题》云："《行路难》，备言世路艰难及离别悲伤之意，多以'君不见'为首。"从今存诸作看，大体如此，但题材和形式比《解题》说的，都更多样些。今《鲍参军集注》题作《拟行路难十八首》，以前有的本子题作"十九首"，那是将其中第十三首的末尾六句另作一首，其实作同一首为是。十八首中末首云："丈夫四十强而仕，余当二十弱冠辰。"明言作于二十岁，时为元嘉十

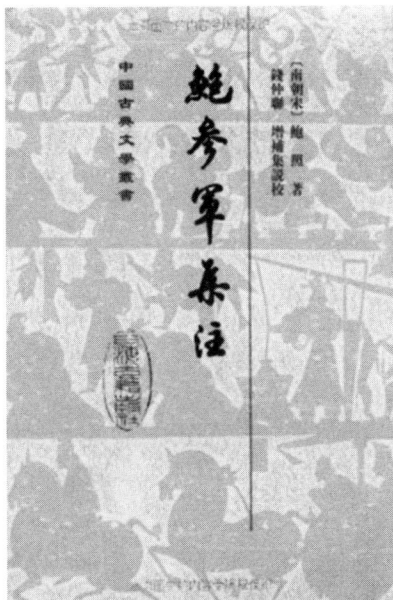

《鲍参军集注》书影

年（433）；但第六首云：“弃置罢官去，还家自休息。”
鲍照初得官在元嘉十六年，自求解官在二十一年（444），
已三十一岁，相距十年以上，可知十八首非一时所作，
是后来编集时收录在一起的。

纵然如此，作者还是将它们有意地组合起来。第一首，
仍带有组诗的序曲性质，是总说。

诗说，我要用金杯送给您美酒，还有玳瑁镶嵌的玉匣装的雕绘精巧的古琴，刺绣着七彩芙蓉花的羽毛装饰的帐子，还有编织着色彩缤纷的葡萄图案的锦缎被子。红颜容易衰老，岁月将要迟暮，寒气逐渐来到，年华终会逝去。我希望您不要太悲伤、太忧思了，还是听我打着拍子给您唱一曲《行路难》吧。您没有看见吗，汉武帝建柏梁台，曹操造铜雀台，都曾热闹一时，如今您难道还能听见那时台上美妙的歌吹声吗？

诗的主题是说人生短暂，时光易逝，徒悲无益，不如及时行乐，饮酒弹琴，进入梦乡，以解忧思。但诗的构思、遣词造句都十分新颖别致。感受本是自己的，却并不就自身来说，而作劝人之言；劝人而又不从说理入手，却先说要奉送给你一些东西，而且把这些东西如何精美大大地渲染了一番。故弄幻笔，让人一开始摸不着头脑，不知作者的用意何在。现代小说、电影往往先用某一情节场面紧紧地吸引住读者观众，然后才随着故事的进展让你逐渐弄清是怎么回事。想不到此诗发端也运用了类似的技巧。

说完奉赠东西之后，按理说该接着交待原因，偏偏又仿佛全然不顾，宕开一步，说"红颜零落"等等，似断实连，笔力横绝。说到"寒光宛转时欲沉"，似乎就要抒发哀音了，却又用劝慰语截住："愿君裁悲且减思。"既然人将老、时欲沉，又怎能不悲伤忧思呢？这样，就自然带出点题的话来："听我抵节行路吟。"意思说我自有道理，且听我说来。前面说此诗带有序曲性质，正指此处。因为十八首都是所谓"行路吟"，所述都涉"悲"与"思"，都与"世路艰难"相关。就本诗而言，下面当说出劝人之理由，然而仍不直说，只是以问句代替回答，让你自己去思索，去作出应有的答案。笔笔空灵跳脱。

古人之所以悲叹人生短暂，都因功不成名不就，壮志未酬而红颜已老。鲍照说，就算你能功成名就，不可一世，如汉武帝刘彻、魏武帝曹操，又能怎么样呢？难道柏梁台、铜雀台盛极一时的状况，还能保留到今天吗？所以倒不如趁人还活在世上，尽情地饮酒弹琴，去享受生活的乐趣，或者干脆去蒙头酣睡，做个好梦吧。字里行间，颇多对现实不满的牢骚。至此，我们才明白诗开

225

头所说的奉赠诸物的用意。这里有许多可以引申出来的潜台词，但写出来的只有结尾短短的两句话、一个毋须回答的问题。简捷、含蓄而充满诗意。

七言诗双句押韵，在鲍照时代是一种创新。承"楚辞"而来的"骚体诗"（句中带"兮"字）是另一码事，这里且不说。曹丕的《燕歌行》（秋风萧瑟天气凉）虽是七言，却是句句有韵的"柏梁体"。柏梁体韵密，必然气短调促，结果七言读起来反不如五言双句押韵的气舒调长，所以它没有能成为后来唐宋歌行的主要形式。首先突破句句押韵的是鲍照，即如《拟行路难十八首》，就没有一首是用柏梁体写的。此诗不但已是双句押韵，而且头四句只作一句读，即以"奉君"二字领起，连续排比四句二十八字，从"金卮"到"锦衾"，这一大堆东西全是"奉"的宾语，直贯而下，气势磅礴，声调也特别曼长。这样豪纵恣肆的句式即使在唐宋歌行中也极罕见，更不必说在绝大多数文士只写五言诗的当时了，所以颇为后来写歌行的人所效仿。由此可见，鲍照在诗体的开拓创新上的步子迈得有多大。

第二首以自叙形式写一位女子的不幸遭遇：她说，自己有一只铜铸的博山香炉（博山在海中，因香炉有"下盘贮汤，使润气蒸香，以像海之四环"，故名），出自洛阳名工之手，不知花了多少工夫才雕镂成的，上面刻着秦穆公女儿弄玉与丈夫萧史（两人都善吹箫）携手随凤凰飞去的图画。记得当时承情郎"清夜之欢娱"，这香炉就放在帏幕里烛光前。它表面鞮亮，就像龙鳞闪耀着光彩；炉内腾起一缕缕芬芳的麝香的紫烟。如今这东西依旧，薄幸郎却忽然变了心，自己只好对着香炉长叹一生就这样完了。

弃妇不幸是一个从《诗经》起就在写的老题材，历来也不知有多少诗人写过它。男女之间始乱终弃的情况，古今大概都差不多，如果诗也都差不多，那还有什么意思。所以一首诗的艺术生命力全在于有诗人独创的诗的构思和表现。鲍照这首诗的独特视角，就是发现了这个"金博山"。

这个博山香炉，也许是情郎所馈赠，也许是女子自己所固有，这并不重要，重要的是它是他俩昔日恩爱的见证。当那难忘的情意绵绵充满欢乐的清夜，这香炉就曾在帏里烛前陪伴着他们。它看起来是那么的精致珍贵、

227

博山炉（汉代）

光彩夺目、温馨芳香，恰似千金一刻的良宵、炽热缠绵的柔情和幸福美好的憧憬。"上刻秦女携手仙"，就是对这种象征性的联想的暗示和强调，仿佛他们自己就是传说中一起吹箫引来凤凰、然后双双携手飞去成了神仙的萧史和弄玉。诗的大部分篇幅都用来描写这只香炉，从谁和怎样制作成的、刻什么图样、放在什么位置，直至香炉外发异彩、内含香烟，无一遗漏，而说到"清夜之欢娱"或"君心一朝异"，只随手一笔带过，这样的构思是很独特的。

同时，构思的完成也不是平铺直叙地从彼此相爱慕写起，诗人已设计好只写这位女子被抛弃后独自凝视着香炉时沉入遐想和发出长叹的情景，至于昔日的欢会和如今的怅恨，都属于她内心活动的一部分。不过，这些也只是在我们读到诗的最后两句时才知道的。倘没有诗意突然来个转折，光看前面，我们根本不清楚诗人为什么要用满怀激情的语言来述说、赞美这只博山香炉，不知道写的是喜是忧，甚至还可能误以为是在写她与情郎在"清夜"中作"秦女携手仙"式的欢情幽会呢。有这样的"卒章显志"，才使我们对前面种种描述的用意豁然开朗。

不过，这样的突转（前面没有一点暗示），毕竟令人感到有几分意外，也许这就是诗人存心要制造的艺术效果。不是吗？这位被抛弃的女子对自己的不幸遭遇也感到突然，完全在意料之外：当初他千言万语，海誓山盟，怎么忽然一朝变心了呢？正因为诗的结构上有此效果，使内容与形式得到了十分和谐的统一。

此诗在语言形式上的变化更多。句法参差错落，五、七、九言全都用上了，全篇的句数落单（九句），韵也押在单句上（一、三、五、七、九句），这种形式在当时和以后很长历史时期内的文人作品中是绝无仅有的。

说到这里，还得补充很重要也是很难得的一点，那就是在《拟行路难》这个题目下的十八首诗中，有句数成双的，有句数落单的；有用整齐七言的，有用长短杂言的；有押平声韵的，有押仄声韵的，还有平仄换韵的……竟找不出两首在形式上是基本相同的，这实在是一个非常奇特的现象。这说明鲍照在歌行体的形式上，正在努力探索、实践着各种各样的创新。

唐代创作歌行体无可比拟的大家李白，人谓其所作"有天马行空，不可羁勒之势"。殊不知早在三百年前，这匹天马已被鲍照先骑着在空中遨游了一番，怪不得杜甫要以"俊逸鲍参军"（《春日忆李白》）来称赞李白了。所不同的是李白的天马，前前后后还有万马在奔腾，只是不及李白而已；而鲍照的时代，他不过是一位独行大侠，只能在一片荒漠之中单骑去闯荡。但唯其如此，不是更显得难能可贵吗？

女性英雄的赞歌

——《木兰诗》

唧唧复唧唧，木兰当户织。不闻机杼声，唯闻女叹息。问女何所思？问女何所忆？"女亦无所思，女亦无所忆。昨夜见军帖，可汗大点兵。军书十二卷，卷卷有爷名。阿爷无大儿，木兰无长兄，愿为市鞍马，从此替爷征。"东市买骏马，西市买鞍鞯，南市买辔头，北市买长鞭。朝辞爷娘去，暮宿黄河边。不闻爷娘唤女声，但闻黄河流水鸣溅溅。旦辞黄河去，暮至黑山头。不闻爷娘唤女声，但闻燕山胡骑鸣啾啾。万里赴戎机，关山度若飞。朔气传金柝，寒光照铁衣。将军百战死，壮士十年归。归来见天子，天子坐明堂。策勋十二转，赏赐百千强。可汗问所欲，"木兰不用尚书郎。愿借明驼千里足，送儿还故乡。"爷娘闻女来，出郭相扶将。阿姊闻妹来，当户理红妆。小弟闻姊来，磨刀霍霍向猪羊。开我东阁门，坐我西阁床。脱我战时袍，著我旧时裳。当窗理云鬓，对镜贴花黄。出门看伙伴，伙伴皆惊惶。同行十二年，不知木兰是女郎。雄兔脚扑朔，雌兔眼迷离。双兔傍地走，安能辨我是雄雌！

木兰代父从军故事，流传千余载，脍炙人口。而其原典，即此《木兰诗》。此诗最早著录于陈代释智匠所编《古今乐录》，后被收入《乐府诗集·横吹曲辞梁鼓角横吹曲》。它的产生时间不可确考，一般研究者认为"这故事和这首诗可能产生在后魏，以魏与蠕蠕（即柔然）的战争为背景"（余冠英《汉魏六朝诗选》）。要之，从诗中写及地名（黄河、黑山、燕山等）以及"可汗"等称谓，还有骆驼等物，可以断定这是一首北朝民歌。

既是民歌，就有"民歌风"。此诗民歌特色很浓烈，表现在诸多方面：连章法，重章法，问答句法，排比句法，比兴句法，等等。全都用上了。连章法如"壮士十年归……归来见天子"，前章之尾接后章之首。重章复沓法如"朝辞爷娘去，暮宿黄河边。不闻爷娘唤女声，但闻黄河流水鸣溅溅"。此四句句式以下重复出现一次。问答句法如"问女何所思？问女何所忆？女亦无所思，女亦无所忆"。排比句法如"东市买骏马，西市买鞍鞯，南市买辔头，北市买长鞭"。比兴句法如"雄兔脚扑朔，雌兔眼迷离。双兔傍地走，安能辨我是雄雌？"此外，诗句的口语化亦很普遍，如"阿爷无大儿，木兰无长兄，愿为市鞍马，从此替爷征"。还有句型的活泼多变化，五言、七言、九言的穿插运用，等等。以上这些，都是《诗经》民歌、汉乐府民歌一脉相传下来的艺术手法。

不过紧接着就有一个问题发生：北魏是北方民族（鲜卑族）建立的政权，《木兰诗》写的是北方少数民族故事，这是一篇少数民族民歌，它怎么会具有汉族的传统民歌风？对此只能作这样的解释：此诗已经经过汉族文人的加工，或者它竟是由少数民族语言翻译出来的亦未可知，这方面情况与另一首著名的北朝少数民族民歌《敕勒歌》

米芾书《木兰辞》

相仿。《木兰诗》中可汗又称"天子"，又说及"明堂"等，都显示出经过加工的痕迹。又如诗中称战争敌方为"胡骑"，"胡"是南朝对北朝人的称呼，木兰本身是北朝人，出此口吻显然不宜。曾经文人加工最明显之处，还在于以下六句："万里赴戎机，关山度若飞。朔气传金柝，寒光照铁衣。将军百战死，壮士十年归。"这些句子平仄协调，对仗工稳，竟如盛唐格律诗，它与南北朝时期文人诗歌

有异，更不必说民歌了。不过，有人因此怀疑《木兰诗》可能作于唐代，恐怕也缺乏说服力，因为除了这六句外，诗篇前后大部分并不具有这种唐代色彩，只能说唐代文人也参与过加工，但总的来看，它还是一篇北朝少数民族民歌。

作为北朝民歌，《木兰诗》生动形象地表现了北方民族的特有性格和风尚。这里首先是刚强的性格和尚武的风习。木兰是一女子，在家以织素为务，但当得知"可汗大点兵""卷卷有爷名"，家中又无长兄，便毅然决定代父从军，在战场勇敢杀敌，立有奇功，而且十二年方归。这种女子从军的题材本身，就很说明问题。在传统的汉族文学作品中，也曾有过对勇烈女性的描写，如哭夫的杞梁妻，为父报仇的关东贤女苏来卿、秦女休、庞娥亲，还有以身救父的缇萦、女娟，等等，但从未有过女子从军、"万里赴戎机，关山度若飞"的题材。尤其是当我们看到在同一时期产生的南朝民歌中的女性形象不是"女儿采春桑，歌吹当初曲"（《西曲歌·采桑度》），就是"春风复多情，吹我罗裳开"（《子夜四时歌》），主要以柔美姿态出现时，便更加体会出木兰形象的不同性格内涵和风尚。

在我国北方草原地带，自古以来生息繁衍着游牧民族，他们受自然环境影响，形成了不同于中原以及南方农业地区人民的性格和风尚，对此，司马迁曾经描述他们"逐水草迁徙，毋城郭常处耕田之业""士力能毌弓，尽为甲骑"的生活，并说："其俗，宽则随畜因射猎禽兽为生业，急则人习战攻以侵伐，其天性也。""贵健壮，贱老弱"（《史记·匈奴列传》）。木兰作为女子亦擅弓马，能征战，刚强豪爽，正是北方民族"天性"的反映。在我国漫长的历史上，北方民族正是凭恃着他们刚强尚武、能征惯战的"天性"，击败人数多于他们数十倍的汉族政权，数次入主中原，建立起他们的统治。北方民族的入主华夏，当然会产生一些民族矛盾，南、北朝之间的互相攻伐，北朝各族间的不断争斗，就是其表现。不过在另一方面，夷夏杂处，也带来各民族融合和交流的好处，北方民族刚勇尚武的风习，对于长期在封建礼教制度束缚下渐趋靡弱的汉族民风，未尝不是一种补救。读过了南朝民歌，再来读《木兰诗》，我们就能得到这样的感受。

对于《木兰诗》这篇作品，过去有些研究者往往强调其爱国主义思想意义，说木兰是为了保卫国家而代父从军。对此我认为不宜讲得太过头。从作品的实际描写看，木兰所参加的是一场由"可汗"领导的对"燕山胡骑"的战争，不管它是否为元魏对柔然的战争，反正可以肯定，战争的双方都是北方少数民族，而战争的地点也大体上在今天的中国版图之内（林庚先生还曾考证过，诗中说及的几个地名，都在今河北省和北京市一带）。在南北朝时期，类似的民族政权间的对抗是经常发生的，对于历史上的此类事件，我们很难判定其是非，正义非正义，谁是进犯者谁是自卫者。《木兰诗》写这场战争，也只是说"昨夜见军帖，可汗大点兵"，至于为什么"大点兵"，诗中没有说，我们无从知晓。所以，用"爱国主义"来概括这篇诗歌的思想意义，是有些生硬的，也有些脱离作品的实际。

那末应当如何理解《木兰诗》呢？这篇作品的主旨是什么？主旨就在于对女性英雄行为的歌颂赞美。《木兰诗》全篇都是围绕着这一中心意思来写的，六个自然段落，结构地位各不相同，意蕴所归却无不指向此点。

第一段（"唧唧复唧唧"至"从此替爷征"）写木兰决定代父从军。这里当然有表彰她克尽孝道的意思，但不是主要的，诗中并没有对她父亲如何年老体衰不能应征作渲染描写，强调的是她自告奋勇，自己提出要去从事一项一般情况下是属于男子职责的事业。第二段（"东市买骏马"至"但闻燕山胡骑鸣啾啾"）写从军准备并出发到前线。这里主要说她作为一名士兵，同男子一样行动。两句"不闻爷娘唤女声"，制造出悲凉气氛，但绝没有感伤和凄惨。而悲壮是同英雄气概相通的。第三段（"万里赴戎机"至"壮士十年归"）写木兰十年战斗生活，写得极概括，却气势如虹，无论"将军""壮士"，都是英雄的同义语。第四段（"归来见天子"至"送儿还故乡"）写归来入朝受赏，通过"策勋十二转，赏赐百千强"，极言木兰立下殊功，战绩辉煌。而"木兰不用尚书郎"，愿意还乡，又写出其英雄的洒脱品格。第五段（"爷娘闻女来"至"不知木兰是女郎"）写木兰回家。从家人的反应中，可知木兰是他们心目中的英雄。而从"伙伴"的反应中，更突出木兰作为女性英雄的卓特，她在十二年中被他们当作男性"壮士"推崇，一旦亮出女性身份，"伙伴"就更佩服得只有"惊惶"的份儿了。第六段（"雄兔脚扑朔"至"安能辨我是雄雌"）比兴，意在表明，双兔难辨雌雄，英雄不在男女。

从以上分析中可知，《木兰诗》的主旨非常明确，就是紧紧围绕着木兰这个人物，颂扬她的英雄行为和品格。至于"保卫国家""报效祖国"等等，不排斥包含有这方面的意思，但肯定不是诗篇的主旨。其实《木兰诗》和木兰这个人物能够得到后世的广泛欣赏和深切喜爱，同诗篇在对木兰英雄风采浓笔描绘的同时，对她的国别族别所作的淡化处理（全诗没有提到她是何国何族），是直接有关的。可以设想，如果《木兰诗》中强调木兰是鲜卑族人或者别的什么族人，强调她是为保卫元魏政权而战，那末这个人物的影响就会大打折扣。我们应该理解到，正是由于《木兰诗》在这方面的"疏漏"，才使木兰在后世被很自然地安上了一个"花"姓，她毫不困难地变成了一位似乎是汉族（或其他兄弟民族）的女英雄而倍受爱戴。

由于北方民族文化基础本来就比较薄弱，又加上北朝时期战乱多，朝代更替频繁，所以文学事业不够发达，留存下来的诗歌不多，优秀作品更少，这篇《木兰诗》是仅存的硕果之一。而它在格调上和内容上的强烈特色，更给整个北朝文学平添了耀眼的光彩，甚至不妨说，北朝文学的特征，是因了《木兰诗》的存在而存在的。《木兰诗》在文学史上的重要意义即在于兹。

豪奢与贫瘠的对比

——王安石《促织》

吴小如

　　王安石有些诗与唐人新乐府有关系，如七古的《河北民》，从题目到内容，都是新乐府体。这里要谈的一首七言绝句《促织》，则是从唐代新乐府作家之一李绅的《悯农诗》二首发展来的。

　　李绅的《悯农》二首都是五绝，用对比手法写贫富悬殊，反映了严重的阶级对立，而残酷的阶级压迫也就不言而喻了。"四海无闲田，农夫犹饿死"，"谁知盘中餐，粒粒

王安石像

皆辛苦",以具体而鲜明的对照手法,刻画出尖锐的社会矛盾,是古典诗歌中有力的投枪和匕首。后来如孟郊的《织妇词》"如何织纨素,自著褴缕衣"。郑谷的《偶书》"不会(不理解)苍苍主何事,忍饥多是力耕人",写得虽也相当沉痛,却总觉得不及李绅的诗感人深切。其关键乃在于:一,用以对比的两个极端的形象不够鲜明;二,作者总忍不住要站出来说话，结果反而减弱了诗歌的感染力。到了宋代，梅尧臣的《陶者》是这一类短诗中的代表作：

陶尽门前土，屋上无片瓦。
十指不沾泥，鳞鳞居大厦。

钱锺书先生在《宋诗选注》中评此诗为"不加论断、简辣深刻"。这"不加论断"，反倒容易更有力地打动读者。与梅尧臣同时的还有一个不大出名的张俞，他的《蚕妇》却比较有名：

昨日到城郭，归来泪满巾。
遍身罗绮者，不是养蚕人。（吕祖谦《宋文鉴》卷二十六）

问题倒不在于落前人窠臼，主要是把蚕妇写得只有悲哀而无愤怒，就显得力量有些单薄了。这类诗到了王安石的《促织》，却有了较大发展：

《宋诗选注》书影

金屏翠幔与秋宜，得此年年醉不知；
只向贫家促机杼，几家能有一绚丝？

　　通行本"绚"作"钩"，今从大德本、嘉靖本。"绚"音渠。
一绚，一绺。从主题看，这首诗同孟郊、张俞所反映的
内容是相近的；而且作者本人也站出来表了态，似乎没

有什么新意。但内容虽同而手法互异。尽管都是站出来表态，王安石却出之以嬉笑怒骂，是锋芒毕露的写法。这就显得爱憎分明，感情强烈多了。

从具体描写看，前两句和后两句显然是以对比手法写贫富悬殊；但就李壁的笺注看，却不易把上下文统一起来。前二句注云："古诗'长安醉眠客，岂知秋雁来'即此意。"后二句注云："唐张乔诗:'念尔无机自有情，迎寒辛苦弄梭声。椒房金屋何曾识？偏向贫家壁下鸣。'"注得并非不切。但张乔对蟋蟀是表同情的，而王安石则予促织以贬词，仅用"只向"二字，便把蟋蟀写成乘人之危或幸灾乐祸的家伙，而作者对贫家的同情、对富家的愤慨，都明确地表现出来了。这正是王安石此诗的独到处。然而关键还在对前两句怎样理解。

我的体会是：第一句的"金屏翠幔"是同末句的"一绚丝"形成鲜明对照的。屏风上的图案是丝织成的，帷幔的质地也是丝的，都是耗费了劳动妇女无数心血的产物。可是富贵人家"得此"甚易，并且用来做为遮风挡寒的工具，那些醉生梦死的老爷们年复一年安于这种舒适的处境之中，完全感觉不到秋天寒冷的威胁。偏偏就在这个季节，无情的蟋蟀（即促织）却向贫家鸣叫不已，催促他们赶快劳动，却不想想穷苦人家多少门户连"一绚丝"也没有，让他们拿什么去织呢？"金屏翠幔"和"一绚丝"不仅是成品和原料的对比，而且是生活豪奢与贫瘠的对比，是物质珍贵与寒伧的对比，甚至在数量上也是悬殊的。这就比李绅、孟郊、梅尧臣、张俞诸人之作的内容丰富多了。何况在对比之中还加上个蟋蟀做媒介，在嗔怪它无端"促机杼"的语气中，实际却把矛头指向了豪门贵族，这就更使读者感到深刻痛切却又觉得含蓄不尽。因此，我认为这首诗确乎不同凡响了。

诗中之画 画外有诗

——柳开《塞上》 张鸣

鸣骹直上一千尺，天静无风声更干。

碧眼胡儿三百骑，尽提金勒向云看。

柳开是北宋初期著名的古文家，提倡学习韩愈古文，反对五代靡弱文风，是北宋诗文革新运动的先驱。他并不以诗著称，所著《河东先生集》中仅存诗三首。这首《塞上》诗，本集未收录，却是当时广为传诵的名作。它以一个极富于包孕性的瞬间，传达出了隽

鸣　镝

永的诗味。

　　"鸣镝（qiāo）是一种响箭，又叫鸣镝，据说是古代匈奴人发明的，有指挥号令的特殊作用（《史记·匈奴列传》）。"一千尺"，一本作"几千尺"，这里是泛指，极言其高。次句"声更干"，形容响箭的鸣声在辽阔宁静的塞外草原上显得格外干脆爽利，格外尖峭响亮，"干"字本是形容诉诸感觉的状态，这里借用来形容听觉，是用了"通感"的表现手法，比用其他直接形容声音的词更耐人寻味。第三句"碧眼胡儿"，指边塞的少数民族。末句"勒"

是指带嚼口的马笼头。"提金勒"就是拉紧缰绳勒住坐骑的意思。这四句诗字面的意思比较明白：天静无风时节，塞外草原上一队骑兵正在行进，突然一支响箭带着响声直上云天，这一队骑兵闻声，顿时警觉起来，人人勒紧缰绳，仰头观看。诗的聚焦点就停在这勒马仰视的瞬间。

这是一个富于包孕性的瞬间。首先，它生动地传达了胡儿骑兵闻警而动、机警矫健的神态。其次，这支具有指挥号令作用的响箭，不会无缘无故地射出去。那么这时到底发生了什么事？诗中没有点出，完全留给读者去想象。第三，行进中的骑兵听到突如其来的响声，首先的反应是勒马仰视，接下去他们将会有什么反应，采取什么行动，诗中也没有说，仍把想象的余地留下。

在诗的结构安排上，前两句是为后两句这一瞬间的出现点出原因。但仔细品味可以发现，作者在这里采用了有趣的回环结构。三四句胡儿勒马仰视，与首句正好回环呼应，形成"向云看鸣镝直上"的形式，"鸣镝直上"既是引起胡儿"向云看"的原因，又是胡儿"向云看"时所看见的形象。胡儿的视线聚焦在箭上，而作者（包

249

括读者）的视线则聚焦在勒马仰视的胡儿身上。把"鸣镝直上"作为诗的开头，既可首先点出事情的原因，又可收到开门见山、突如其来的效果。而以勒马仰视的瞬间作为诗的结束，则便于突出表现胡儿骑兵的机敏英武，而且给读者留下想象的余地。

这样的结构安排，还巧妙地实现了诗意与画意的相互融合、相互生发。据宋人笔记《倦游杂录》载，北宋冯端认为此诗"可画于屏障"（《宋朝事实类苑》卷三十五）。明代杨慎也说，此诗"宋人盛称之，好事者多画于屏障，今犹有稿本"（《升庵诗话》卷十三）。当时就被人当作绘画的题材，而且直到明代还有画稿流传，说明这首诗的诗意很适合用绘画来表现。以诗句入画是宋代流行的时尚，当时称这种画为"句图"（《宋朝事实类苑》卷三十九"诗句作图"条）。本来，诗与画是两门性质、手段、媒介都完全不同的艺术形式，据莱辛的观点，诗属于时间艺术，可以表现动态的过程；画则属于空间艺术，长于表现空间展开而时间凝固的对象（莱辛《拉奥孔》）。但我国古代艺术家们似乎不愿受这种区别所限，往往在诗中追求画意，在画中表现诗的意境，以求扩大诗或画各自的艺术内涵。尤其是宋代苏轼提出诗中有画、画中有诗的命题之后，这种追求就成了一个自觉的传统。宋代流行的"句图"就是诗画艺术交互影响的突出表现。当然，诗与画毕竟有根本的区别，表现手段和媒介不同，效果不可能完全一样。这首《塞上》诗宜于入画的内容，其实只在后两句。首句鸣骹钻入云天的运动过程，单幅画面是不可能完整表现的（作为绘画，也没有必要表现这一过程）。第二句所写的是听觉形象，又以一个"干"字形容鸣骹的响声，用了"通感"的表现手法。声音形象不可能在画面上展示，而借用通感所表现的声音的干脆爽利的性质，绘画更不可能表现出来。这是诗所擅长而绘画无能为力之处。后二句所写的则是一个相对静止的定格，一个生动的瞬间，这才是绘画所擅长表现的内容。可见，此诗充分发挥了诗的特长，又成功地借用了画的特征。动与静相映成趣，诗意与画意相互生发。在结构上，作者之所以把勒马仰视的瞬间作为诗的结束，正是为了追求鲜明生动的画意，使人读来犹如身临其境。

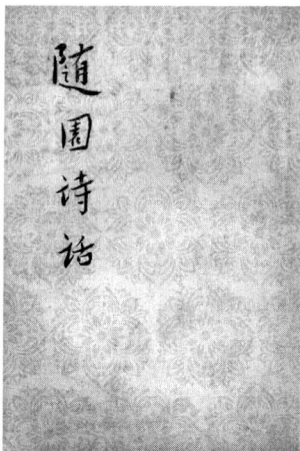

《随园诗话》书影

　　最后值得一提的是清代袁枚《随园诗话》标举宋人笔记中的好绝句，其中就有这一首，但第二句却作"风紧秋高雪正干"，今人钱锺书先生断为"袁枚的改笔"(《宋诗选注》)。袁枚大约是不理解何以用"干"字形容声音，而加臆改。"风紧秋高雪正干"，与首句全不相干，失去照应，使全诗意思不贯，意境全非，而且使诗歌回环呼应、动静相生的结构形式全遭破坏。这一改笔，大煞风景，不过却从反面映照出原作的巧妙成功之处。

烹炼字句　夹叙夹议

——宋祁《凉蟾》

吴小如

　　半个世纪以来，在中国文学史的研究领域里，路几乎越走越窄了。姑以北宋为例。难道北宋的诗人，只有欧阳修、梅尧臣、苏轼、黄庭坚少数几个人么？比如宋庠、宋祁兄弟，就是当时有名的才子；而宋祁博通经史，诗名尤高。可是无论在文学史的专著里或是在大专院校古典文学的课堂上，连宋祁的名字几乎都提不到了。这不能不令人遗憾。

　　当然，近十年来，人们在文章中偶尔也

有谈及宋氏兄弟的，但大抵采取一笔抹杀的态度，只说他们的诗受西昆体影响。其实这也是稗贩前人旧说。平心而论，宋庠的诗并不出色；宋祁的近体诗间有佳作，唯独他的五古却有独到之处。我国传统的诗文都有一种共同倾向，即以复古为革新。李杜提倡复风、雅、屈、宋之古，实为唐诗开拓了新领域并达到空前的高峰；宋诗在唐诗的基础上又有发展变化，其中有一个特点即是以复汉魏六朝之古来挽回并抵消唐末五代的轻浮绮靡之风。宋祁就是这方面的代表作家。他的五古直承南朝鲍照、谢灵运的遗韵，形成了宋诗中烹炼字句、夹叙夹议的特殊风格。这里要介绍的《凉蟾》一诗是摹拟乐府之作，与六朝诗有异曲同工之妙，但更具有宋人特色。今录全诗如下：

凉蟾啮残云，飞影上西庑。

鹊鸦依空墙，蟏蛸已在户。

君行阅三岁，确战亦云苦。

新衣本自绽，故裳复谁补？

朔风万里来，倘或从君所。

风过无传音，徘徊独谁语！

　　此诗抒情主人公为闺中思妇，原是乐府诗正格。但从北宋中期以后，由于词的盛行，这种写法在诗中已逐渐减少甚至消失，此诗犹存古乐府遗风。全诗十二句，一韵到底，共分三节。第一节写景；第二节把笔势宕开，写远戍的征人；第三节是思妇的自白。

明·尤求《人物山水图之一》

景语的第一句便十分奇警。诗人不说"秋月"，却以"凉蟾"代之（相传月中有蟾蜍）；不说云破月出，却说月光把周围的残云给咬蚀尽了，终于露出了整个皎洁的月亮。然后第二句写月影飞上了闺人居住的西廊，说明月亮是从东方升起的。月光虽惊动了鹊和鸦，但它们却无处可去，只依倚在空寂的墙头。这是把曹操的《短歌行》中"月明星稀，乌鹊南飞，绕树三匝，何枝可依"的动景改成了静态，显得更加幽冷寂寞。第四句直接把《诗经·东山》里的成句移用到诗中，这原是宋朝人写诗的通例。蟏蛸是长脚的小蜘蛛，一名蟢蛛。既已在户，说明居室久无人至。隋人薛道衡的名句"暗牖悬蛛网"，与此正是同一手法。这四句景语是自远而近，由外而内，从大到小。从月光的转移到蜘蛛的在户，足见人的观察越来越细，而诗中抒情主人公的百无聊赖也就可想而知。这样的描写既继承了六朝人的传统手法，又带有宋人以文为诗、烹炼字句的特色。

中间四句写从军远戍的丈夫。这是很自然的。闺中妻子在无可排遣的孤寂情怀下，只能掰着指头计算丈夫外出的时间。丈夫走了三年还没有归来，想必战争是艰难而痛苦的。"确"训坚，"坚战"犹言苦战、力战，是竞胜负、决生死的战斗。"新衣"二句，最初见于汉乐府《艳歌行》，是写游子的，原句是："故衣谁当补，新衣谁当绽？""绽"训"缝"，即制做。李白的《子夜吴歌》第四首也说："明朝驿使发，一夜絮征袍。素手抽针冷，那堪把（一作"持"）剪刀！"可见女子为征人缝制衣服已成为当时男女两地相思的典型细节。宋祁此诗却从反面写，说征人的新衣是他本人缝制的（因为他离家太久了），而自己当初为丈夫制作的衣服早成为"故裳"，想必已经破旧，却再无人为他缝补了。虽用典却比前人深入了一层，这也是宋诗中习见的。

最后四句乃驰骋想象，设想万里外吹来的北风或许就是从自己丈夫那儿吹过来的吧，可是北风并未传来任何音息。那么自己怀着满腹心事，空自徘徊而向谁倾诉呢？这是反用杜甫《捣衣》的结尾："用尽闺中力，君听空（去声）外音。"杜诗说女子用尽气力捣衣，是为了能让远人听见（其实是肯定听不见的）；宋祁则说，朔风或许是从丈夫那儿吹来的，然而风里却一点没有丈夫的消息。这都是把根本不可能的事硬想成万一有实现的可能，而终于未实现。这样写才更衬出抒情主人公的痛苦几乎是无法排遣的。

宋诗的特点之一是爱用典、用事，二是直接把古人现成诗句移入己作。这从北宋初年即已开始，西昆体便是明显例证。从喜欢用典和移用古人成句便发展为后来江西诗派的"夺胎换骨"。这中间发展的线索是有迹可寻的。宋祁写诗，是善于活用、反用典故的一位能手，从这首《凉蟾》就能看得出。但我们治宋诗却往往有"点"无"线"，把中间不少发展环节都脱漏了。我之所以介绍宋祁的诗，无非希望人们能更细心地爬罗剔抉，以期获得更丰硕、更完善的研究成果。

爱国的绝唱

——陆游《示儿》

齐治平

陆游（1125—1210），字务观，号放翁，是我国杰出的爱国诗人。在他的一生和他九千多首诗中，始终贯穿和洋溢着强烈的爱国主义精神，从而形成了他诗歌创作最显著的特色，奠定了他在祖国诗坛上的崇高地位。他在临终前写的《示儿》诗，更是一首感人至深、传诵千古的名作：

死去元知万事空，但悲不见九州同。

王师北定中原日，家祭无忘告乃翁！

译成现代汉语就是：

我本来知道，当我死后，人间的一切就都和我无关了；但唯一使我痛心的，就是我没能亲眼看到祖国的统一。因此，当大宋军队收复了中原失地的那一天到来之时，你们举行家祭，千万别忘把这好消息告诉你们的老子！

这首诗是陆游的绝笔。他在弥留之际，还是念念不忘被女真贵族霸占着的中原领土和人民，热切地盼望着祖国的重新统一，因此他特地写这首诗作为遗嘱，谆谆告诫自己的儿子。从这里我们可以领会到诗人的爱国激情是何等的执著、深沉、热烈、真挚！无怪乎自南宋以来，凡是读过这首诗的人无不为之感动，特别是当外敌入侵或祖国分裂的情况下，更引起了无数人的共鸣。

陆游所处的时代，正是我国历史上民族矛盾异常尖锐的时代。12世纪初，我国东北地区的女真族建立了金国。在陆游出生后的第二年，金国占领了北宋的都城汴京（今河南开封市）；第三年把徽、钦二帝掳去，北宋亡国。而当钦宗之弟赵构逃到南方,在临安（今浙江杭州市）建立了政权之后，不但不发愤图强，收复失地，反而任命臭名昭著的汉奸秦桧做宰相，一意向金人屈膝求和。绍兴十二年（1142）和议告成，赵构竟无耻到向金国皇帝自称臣子，并答应每年献银二十五万两、绢二十五万匹，跟金人划淮水为界。从此，北方的大好河山沦为金人的领土，北方的广大人民横遭金人奴役，而南宋小朝廷也只是偏安一隅，在敌人的威胁压榨下苟延岁月。后来宋孝宗赵眘与金签订的"隆兴和议"及宁宗赵扩与金签订的"开禧和议"，照旧屈辱求和。这种局面，当然是一向反对民族压迫的广大汉族人民所不能容忍的。因此在这一历史时代，不知有多少中华民族的优秀儿女挺身而出，展开了不屈不挠的斗争，而陆游则是他们在文学战线上的杰出代表。

陆游一生经历了北宋的末年和南宋的前半期。由于幼年在敌人入侵下仓皇逃难，以及受家庭和亲友爱国言论的启发教育，陆游对当时的严重民族灾难有着极其深刻的感受，因而早在青少年时期，就在心灵深处埋下了爱国复仇的种子。此后无论在朝廷和地方做官，还是到川、陕前线从军，直至晚年在绍兴老家闲居，这颗种子生根、发芽、挺干、开花，虽然不断遭到风雨的摧残，却也不断地成长壮大，并且终于结满丰硕的果实。清朝诗人赵翼的《瓯北诗话》中有一段话，说得十分概括，他说：

放翁十余岁时，早已习闻先正之绪言，遂如冰寒火热之不可改易；且以《春秋》大义而论，亦莫有过于是者，故终身守之不变。入蜀后在宣抚使王炎幕下，经临南郑，瞻望鄠、杜，志盛气锐，真有唾手燕、云之意，其诗之言恢复者十之五六。出蜀以后，犹十之三四。至七十以后，……是固无复有功名之志矣，然其《感中原旧事》云"乞倾东海洗胡沙"，《老马行》云"中原旱蝗胡运衰，王师北伐方传诏。一闻战鼓意气生，犹能为国平燕赵"，则此

陆游像

心犹耿耿不忘也。临殁犹有"王师北定中原日，家
祭无忘告乃翁"之句，则放翁之素志可见矣。

当然，这里所谓"十之五六""十之三四"，只是粗
略的统计，而且只是从数量上、表面上来看的；然而即

此也可见陆游的"素志"是一贯的，是自少至老历久不渝的。尤其这首《示儿》诗，是他生命终点所爆发出的爱国火花，也可看做他一生爱国思想及诗作的总结。

历代文人，凡是读过《示儿》诗的无不为之感动。早在南宋当时，刘克庄就有一首绝句说：

不及生前见虏亡，放翁易箦愤堂堂。

遥知小陆羞时荐，定告王师入洛阳！

这是1234年金朝被蒙古族灭亡之后，南宋政府从淮西调兵进驻开封城内，并从开封分兵收复了洛阳之后，刘氏在兴奋之际，想到陆游的子孙一定会遵从他的遗嘱，把这个好消息祭告"乃翁"的。但是好景不长，那个歌舞湖山、奸臣当道的南宋小朝廷连暮气已深的金兵尚且不能抵抗，更何况这"方张之寇"的蒙古大军呢？多亏广大爱国军民奋起阻击，才使得这个风雨飘摇的政权又延续了四十多年。这时南宋遗民林景熙写了一首《读陆放翁诗卷后》，词意极为沉痛，其末四句云：

青山一发愁濛濛，干戈况满天南东。

来孙却见九州同，家祭如何告乃翁！

这是说，陆游临终时以不见"九州同"为憾事，现在他的孙子们却看到了这种局面，但是统一中国的不是宋王朝，而是新兴的元帝国，这样的消息在家祭时怎样告诉他老人家呢？

以上所举两首诗，前一首洋溢着"漫卷诗书喜欲狂"的激情，后一首抒发了"亡国之音哀以思"的悲痛，一喜一悲，都是由《示儿》诗引发的。他们的爱国热情与陆游息息相通。

其他评述陆诗而特别提到《示儿》这首的，就我所见，不下三十余家（请参看我与孔繁礼同志同纂的《陆游研究资料汇编》），或者说它有宗泽"三呼渡河"之意，或者说它与杜甫"一饭不忘"的忠君爱国相同，也有读后叹息泣下的，也有作诗同情寄慨的。足见这首诗情真语挚，感人之深！

但是以上诸人，大都是受了此诗的感染而引起共鸣，却未暇对它的内容作细致的分析。值得参考和向读者推荐的，要数当代朱自清先生的《爱国诗》一文。在这篇文章里，他把我国古典诗歌中的爱国诗分为三个项目：一是忠于一朝，也就是忠于一姓；其次是歌咏那勇敢杀敌的将士；再次是对异族的同仇。并指出第三项以民族为立场，范围更为广大。他认为陆游"虽做过官，他的爱国热诚却不仅为了赵家一姓。他曾在西北从军，加强了他的敌忾。为了民族，为了社稷，他永怀着恢复中原的壮志"。因此在历代爱国诗中，他特别推崇这首《示儿》诗，并对它做了具体的分析：

> 《示儿》诗是临终之作，不说到别的，只说"北定中原"，正是他的专一处。这种诗只是对儿子说话，不是什么遗疏遗表的，用不着装腔作势，他尽可以说些别的体己的话；可是他只说这个，他正以为这是最体己的话。诗里说"元知万事空"，万事都搁得下；"但悲不见九州同"，只这一件搁不下。他虽说"死去"，

虽然"不见九州同",可是相信"王师"终有"北定中原日",所以叮嘱他儿子"家祭无忘告乃翁"！教儿子"无忘",正见自己的念念不"忘"。这是他的爱国热诚的理想化；这理想便是我们现在说的"国家至上"的信念的雏形。……过去的诗人里,也许只有他才配称为爱国诗人。(《朱自清选集》,开明书店,1952)

朱自清本人也是一个深情的爱国者,新、旧诗都作得很好,所以他对陆游其人其诗的分析是深具慧心的。他从《示儿》诗中看到陆游"爱国热诚的理想化",换言之,也就是陆游爱国思想的进步性和它所达到的高度。关于这一点,我们还可以进一步略加说明和补充：第一,陆游热爱祖国是和他热爱人民的思想感情紧密结合的,既包括对"忍死望恢复"的中原"遗民"的深切怀念,也包括对"岁辇金币输胡羌"的南宋老百姓的同情与哀悯。其次是他对不可分割的北方大好河山的系念,如"三万里之黄河"和"五千仞之太华",以及"两京宫阙"等等。再则是他对民族语言和整个民族文化的爱护,唯恐在异族的长期统治下遭到破坏与同化，以致"东都儿童作胡语"，甚至整个第二代都"羊裘左其衽"，改变了汉族的生活习惯，忘记了自己祖先的传统（有关例证，详见拙著《陆游传论》下编第四章）。这些才是他"但悲不见九州同"和热盼"北定中原日"的主要原因，也是他爱国思想的根本内容。列宁说："爱国主义就是千百年来巩固起来的对自己的祖国的一种最深厚的感情。"其中包括对家乡、对祖国和对自己的人民、对优秀传统的爱。陆游诗里所表现的思想感情正是这些。因此朱文声称："过去的诗人里，也许只有他才配称为爱国诗人。"这个评价虽显得过于强调，有抹杀他人之嫌，但为了指出特色，我们应该承认这是十分中肯而且公允的。

《示儿诗》是中华民族宝贵的文化遗产。如今，距陆游写出他的《示儿诗》虽已过去七八百年，但诗中所表现的爱国热诚，仍然催人泪下，发人深省。"鸟之将死，其鸣也哀；人之将死，其言也善"，这首诗里"但悲不见九州同"的哀音，对祖国统一、认同回归，仍然是一个有力的呼唤！

山色不言语

——王质《山行即事》

霍松林

浮云在空碧，来往议阴晴。

荷雨洒衣湿，蘋风吹袖清。

鹊声喧日出，鸥性狎波平。

山色不言语，唤醒三日醒。

这是一首五律，首联写天气，统摄全局。云朵在碧空浮游，本来是常见的景色，诗人用"浮云在空碧"五字描状，也并不出色；然而继之以"来往议阴晴"，就境界全出，

269

明·文伯仁《溪仙馆图》

百倍精彩。这十个字要连起来读、连起来讲：浮云在碧空里来来往往，忙些什么呢？忙于开碰头会。碰头"议"什么？"议"关于天气的事：究竟是"阴"好，还是"晴"好。"议"的结果怎么样，没有说，接着便具体描写"山行"的经历和感受。"荷雨洒衣湿，蘋风吹袖清"——下起雨来了；"鹊声喧日出，鸥性狎波平"——太阳又出来了。看起来，碰头会上主"阴"派和主"晴"派的意见都没有通过，只好按折衷派的意见办，来了个时雨时晴。

宋人诗词中写天气，往往用拟人化手法。潘汸《郊行》云："云来岭表商量雨，峰绕溪湾物色梅"；王观《天香》云："重阴未解，云共雪商量不了"；陆游《枕上》云："商略明朝当少霁，南檐风佩已锵然"；姜夔《点绛唇》云："数峰清苦，商略黄昏雨"；林希逸《秋日凤凰台即事》云："断云归去商量雨，黄叶飞来问讯秋。"这里的"商量""商略"，和王质所用的"议"，都是同义词。这些句子，各有新颖独到之处，姜夔的两句尤有名。但比较而言，王质以"议阴晴"涵盖全篇，更具匠心。

"荷雨"一联，承"阴"而来。不说别的什么雨，而说"荷雨"，一方面写出沿途有荷花，丽色清香，已令人心旷神爽；另一方面，又表明那"雨"不很猛，并不曾给行人带来困难，以致影响他的兴致。李商隐《宿骆氏亭寄怀崔雍崔衮》七绝云："秋阴不散霜飞晚，留得枯荷听雨声。"雨一落在荷叶上，就发出声响。诗人先说"荷雨"后说"洒衣湿"，见得先闻声，而后才发现下雨，才发现"衣湿"。这雨当然比"沾衣欲湿杏花雨"大一些，但大得也很有

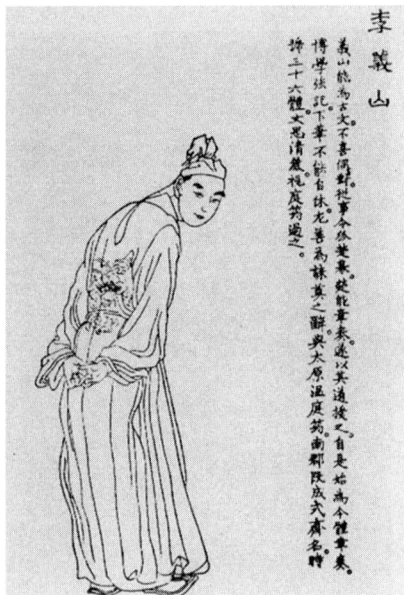

李商隐像

272

限。同时，有荷花的季节，衣服被雨洒湿，反而凉爽些；"蘋风吹袖清"一句，正可以补充说明。宋玉《风赋》云："夫风生于地，起于青蘋之末。"李善注引《尔雅》："萍，其大者曰蘋。"可见"蘋风"就是从水面浮萍之间飘来的风，这是一种刚刚吹起的小风。雨已湿衣，再加微风吹拂，其主观感受当然是"清"而不是寒，说明如果没有这微风细雨，"山行"者就会感到炎热了。

"鹊声"一联承"晴"而来。喜鹊厌湿喜干，所以又叫"干鹊"，雨过天晴，它就高兴得很，叫起来了。陈与义《雨晴》七律颔联"墙头语鹊衣犹湿，楼外残雷气未平"，就抓取了这一特点。王质也抓取了这一特点，但不说鹊衣犹湿，就飞到墙头讲话，而说"鹊声喧日出"，借喧声表现对"日出"的喜悦——是鹊的喜悦，也是人的喜悦。试想，荷雨湿衣，虽然暂时带来爽意，但如果继续下，没完没了，"山行"者就不会很愉快；所以诗人写鹊"喧"，也正是为了传达自己的心声。"喧"后接"日出"，造句生新。从表面看，"喧"与"日出"，似乎是动宾关系。实际上，"喧"并不是及物动词，"日出"不可能作它的宾语。这句诗用现代汉语翻译，应该是这样的："喜鹊欢叫：'太阳出来了！'"

"鹊声喧日出"一句引人向上看，由"鹊"及"日"；"鸥性狎波平"一句引人向下看，由"鸥"及"波"。鸥，生性爱水，但如果风急浪涌，它也受不了。如今呢，雨霁日出，风和波平，爱水的鸥自然就尽情地玩乐。"狎"字也用得好。"狎"有"亲热"的意思，也有"玩乐"的意思，这里都讲得通。

尾联"山色不言语，唤醒三日醒"虽然不如梅尧臣《鲁山山行》的结句"人家在何许，云外一声鸡"有韵味，但也不是败笔。像首联一样，这一联也用拟人化手法；所不同的是：前者是正用，后者是反用。有正才有反。从反面说，"山色不言语"；从正面说，自然是"山色能言语"。唯其能言语，所以下句用了一个"唤"字。乍雨还晴，"山色"刚经过雨洗，又加上阳光的照耀，其明净秀丽，真令人赏心悦目。它"不言语"，已经能够"唤醒三日醒"；一"言语"，更会怎样呢？在这里，拟人化手法由于从反面运用而加强了艺术表现力。"醒"是酒醒后的困惫状态。这里并不是说"山行"者真的喝多了酒，而是用"唤醒三日醒"夸张地表现山色可爱，能够使人神清气爽，困意全消。

以"山行"为题，结尾才点"山"，表明人在山色之中。全篇未见"行"字，但从浮云在空，到荷雨湿衣、风吹袖、鹊声喧日、鸥性狎波，都是"山行"过程中的经历、见闻和感受。合起来，就是所谓"山行即事"。全诗写得兴会淋漓，景美情浓，艺术构思也相当精巧。

附带谈谈这首诗的平仄问题。

这是平起的五律，首句的声调应该是平平平仄仄，但"浮云在空碧"，却是平平仄平仄，三四两字，平仄对调。这是一种常用的"拗句"，因为常用，也就可算正格。七字句也一样，杜甫的"西望瑶池降王母"，末三字也是仄平仄。"荷雨"一联和"山色"一联，都应该是仄仄平平仄，平平仄仄平，但作者却将上句的末三字改成仄平仄，将下句的末三字改成平仄平，即将同一联中上下两句的倒数第三字平仄对换。杜甫的律诗，偶有这种句子，如"鸿雁几时到，江湖秋水多"，"宠光蕙叶与多碧，点注桃花舒小红"，"负盐出井此溪女，打鼓发船何郡郎"，等等。中晚唐以来，有些诗人有意采用这种声调。例如温庭筠《商山早行》的首联"晨起动征铎，客行悲故乡"、颈联"槲叶落山路，枳花明驿墙"，梅尧臣《鲁山山行》的首联"适与野情惬，千山高复低"，就都是这样的。七律名句，如赵嘏的"残星几点雁横塞，长笛一声人倚楼"，许浑的"溪云初起日沉阁，山雨欲来风满楼"，也是上下句倒数第三字平仄对调。一对调，就可以避免音调的平滑，给人以峭拔的感觉。

王质字景文，自号雪山，有《雪山集》。他仰慕苏轼，曾说"一百年前""有苏子瞻"，"一百年后，有王景文"（《雪山集·自赞》）。他的诗，俊爽流畅，近似苏轼的风格。如有兴趣，拿这首《山行即事》与苏轼的七律《新城道中》并读，当会多一份艺术享受。

江湖夜雨十年灯

——黄庭坚《寄黄几复》

霍松林

我居北海君南海，寄雁传书谢不能。

桃李春风一杯酒，江湖夜雨十年灯。

持家但有四立壁，治病不蕲三折肱。

想见读书头已白，隔溪猿哭瘴溪藤。

黄庭坚（1045—1105），字鲁直，自号山谷道人，又号涪翁，洪州分宁（今江西修水）人。他是"苏门四学士"之一，在政治上也与苏轼一样，屡遭新党打击，被贬到黔州（今

277

四川彭水）、戎州（今四川宜宾）等荒远之地。他以诗负盛名，当时与苏轼并称"苏黄"；后来又被尊为杜甫的继承者、"江西诗派"的开创人。

这首诗作于宋神宗元丰八年（1085），此时黄庭坚监德州（今属山东）德平镇。黄几复，名介，南昌（今江西南昌市）人，与黄庭坚少年交游，此时知四会县（今广东四会县），其事迹见黄庭坚所作《黄几复墓志铭》（《豫章黄先生文集》卷二三）。

"我居北海君南海"，起势突兀。写彼此所居之地一"北"一"南"，已露怀念友人、望而不见之意；各缀一"海"字，更显得相隔辽远，海天茫茫。作者跋此诗云："几复在广州四会，予在德州德平镇，皆海滨也。"

"寄雁传书谢不能"，这一句从第一句中自然涌出，在人意中；但又有出人意外的地方。两位朋友一在北海，一在南海，相思不相见，自然就想到寄信；"寄雁传书"的典故也就信手拈来。李白长流夜郎，杜甫在秦州作的《天末怀李白》诗里说："凉风起天末，君子意如何？鸿雁几时到，江湖秋水多！"强调音书难达，说"鸿雁几时到"

就行了。黄庭坚却用了与众不同的说法："寄雁传书——谢不能。"——我托雁儿捎一封信去，雁儿却谢绝了。"寄雁传书"，这典故太熟了，但继之以"谢不能"，立刻变陈熟为生新。黄庭坚是讲究"点铁成金"之法的，王若虚批评说："鲁直论诗，有'夺胎换骨''点铁成金'之喻，世以为名言。以予观之，特剽窃之黠者耳。"（《滹南诗话》卷下）类似"剽窃"的情况当然是有的，但也不能一概而论。上面所讲的诗句，可算成功的例子。

"寄雁传书"，作典故用，不过表示传递书信罢了。但相传大雁南飞，至衡阳而止。王勃《秋日登洪府滕王阁饯别序》云："雁阵惊寒，声断衡阳之浦。"秦观《阮郎归》云："衡阳犹有雁传书，郴阳和雁无。"黄庭坚的诗句，亦同此意；但把雁儿拟人化，写得更有情趣。

第二联在当时就很有名。《王直方诗话》云："张文潜谓余曰：黄九云：'桃李春风一杯酒，江湖夜雨十年灯。'真奇语。"这两句诗所用的词都是常见的，甚至可说是"陈言"，谈不上"奇"。张耒称为"奇语"，当然是就其整体说的；可惜的是何以"奇"，"奇"在何处，他没有讲。其实，正是黄庭坚这样遣辞入诗，才创造出如此清新隽永的意境，给人以强烈的艺术感染。

任渊说这"两句皆记忆往时游居之乐"，看来是弄错了。据《黄几复墓志铭》所载，黄几复于熙宁九年（1076）"同学究出身，调程乡尉"，距作此诗刚好十年。结合诗意来看，黄几复"同学究出身"之时，是与作者在京城里相聚过的，紧接着就分别了，一别十年。这两句诗，上句追忆京城相聚之乐，下句抒写别后相思之深。诗人摆脱常境，不用"我们两人当年相会"之类的一般说法，却拈出"一杯酒"三字。"一杯酒"，这太常见了！但惟其常见，正可给人以丰富的暗示。沈约《别范安成》云："勿言一樽酒，明日难重持。"王维《送元二使安西》云："劝君更进一杯酒，西出阳关无故人。"杜甫《春日忆李白》云："何时一樽酒，重与细论文？"故人相见，或谈心，或论文，总是要吃酒的。仅用"一杯酒"，就写出了两人相会的情景。诗人还选了"桃李""春风"两个词。这两个词，也很陈熟，但正因为熟，能够把阳春烟景一下子唤到读者面前，用这两个词给"一杯酒"以良辰美景的烘托，就把朋友相会之乐表现出来了。

再试想，要用七个字写出两人离别和别后思念之殷，也不那么容易。诗人却选了"江湖""夜雨""十年灯"，作了动人的抒写。"江湖"一词，能使人想到流转和漂泊，杜甫《梦李白》云："江湖多风波，舟楫恐失坠。""夜雨"，能引起怀人之情，李商隐《夜雨寄北》云："君问归期未有期，巴山夜雨涨秋池。"在"江湖"而听"夜雨"，就更增加萧索之感。"夜雨"之时，需要点灯，所以接着选了"灯"字。"灯"，这是一个常用词，而"十年灯"，则是作者的首创，用以和"江湖夜雨"相联缀，就能激发读者的一连串想象：两个朋友，各自漂泊江湖，每逢夜雨，独对孤灯，互相思念，深宵不寐。而这般情景，已延续了十年之久！

温庭筠不用动词，只选择若干名词加以适当的配合，写出了"鸡声茅店月，人迹板桥霜"两句诗，真切地表现了"商山早行"的情景，颇为后人所称道。欧阳修有意学习，在《送张至秘校归庄》诗里写了"鸟声梅店雨，柳色野桥春"一联，终觉其在范围之内，他自己也不满意（参看《诗话总龟》《存余堂诗话》）。黄庭坚的这一联诗，吸取了温诗的句法，却创造了独特的意境。"桃李""春风""一杯酒"，"江湖""夜雨""十年灯"，这都是些名词或名词性词组，其中的每一个词或词组，都能使人想象出特定的景象、特定的情境，展现了耐人寻味的艺术天地。

同时这两句诗，还是相互对照的。两句诗除各自表现的情景之外，还从相互对照中显示出许多东西。第一，下句所写，分明是别后十年来的情景，包括眼前的情景；那么，上句所写，自然是十年前的情景。因此，上句无须说"我们当年相会"，而这层意思，已从与下句的对照中表现出来。第二，"江湖"除了前面所讲的意义之外，还有与京城相对的意义，所谓"身在江湖，心存魏阙"，就是明显的例证。"春风"一词，也另有含义。孟郊《登科后》诗云："昔日龌龊不足夸，今朝放荡思无涯。春风得意马蹄疾，一日看尽长安花。"和下句对照，上句所写，时、地、景、事、情，都依稀可见：时，十年前的春季；地，北宋王朝的京城开封；景，春风吹拂、桃李盛开；事，友人"同学究出身"，把酒欢会；情，则洋溢于良辰美景、赏心乐事之中。

"桃李春风"与"江湖夜雨"，这是"乐"与"哀"的对照。"一杯酒"与"十年灯"，这是"一"与"多"的对照。"桃李春风"而共饮"一杯酒"，欢会何其短促！"江湖夜雨"而各对"十年灯"，漂泊何其漫长！快意与失望，暂聚与久别，往日的交情与当前的思念，都从时、地、景、事、情的强烈对照中表现出来了，令人寻味无穷。张耒评为"奇语"，并非偶然。

后四句，从"持家""治病""读书"三个方面表现黄几复的为人和处境。

"持家——但有四立壁"，"治病——不蕲三折肱"。这两句，也是相互对照的。作为一个县的长官，家里只有立在那儿的四堵墙壁，这既说明他清正廉洁，又说明他把全部精力和心思用于"治病"和"读书"，无心也无暇经营个人的安乐窝。"治病"句化用《左传·定公十三年》记载的一句古代成语："三折肱，知为良医。"意思是：一个人如果三次跌断胳膊，就可以断定他是个好医生，因为他必然积累了治疗和护理的丰富经验。在这里，当然不是说黄几复会"治病"，而是说他善"治国"，《国语·晋语》里就有"上医医国，其次救人"的说法。黄庭坚在《送范德孺知庆州》诗里也说范仲淹"平生端有活国计，百不一试埋九京"。作者称黄几复善"治病"但并不需要"三折肱"，言外之意是他已经有政绩，显露了治国救民的才干，为什么还不重用，老要他在下面跌撞呢？

尾联以"想见"领起，与首句"我居北海君南海"相照应。在作者的想象里，十年前在京城的"桃里春风"中把酒畅谈理想的朋友，如今已白发萧萧，却仍然像从前那样好学不倦！他"读书头已白"，还只在海滨做一个县令。其读书声是否还像从前那样欢快悦耳，没有明写，而以"隔溪猿哭瘴溪藤"作映衬，就给整个图景带来凄凉的氛围；不平之鸣，怜才之意，也都蕴含其中。

黄庭坚推崇杜甫，以杜甫为学习榜样，七律尤其如此。但比较而言，他的学习偏重形式技巧方面。他说："老杜作诗，退之作文，无一字无来处，盖后人读书少，故谓韩、杜自作此语耳。古之能为文章者，真能陶冶万物，虽取古人之陈言入于翰墨，如灵丹一粒，点铁成金也。"（《答洪驹父书》）而杜甫的杰出之处主要表现在以"穷年忧黎元"的激情，艺术地反映了安史之乱前后的广阔现实。诗的语言，也丰富多彩，元稹就赞赏"怜渠直道当时语，不着心源傍古人"的一面。当然，杜甫的不少律诗，也是讲究用典的；黄庭坚把这一点推到极端，追求"无一字无来处"，其流弊是生硬晦涩，妨碍了真情实感的生动表达。但这也不能一概而论。例如这首《寄黄几复》，就可以说是"无一字无来处"，但并不觉晦涩；有的地方，还由于活用典故而丰富了诗句的内涵；而取《左传》《史记》《汉书》中的散文语言入诗，又给近体诗带来苍劲古朴的风味。

黄庭坚主张"宁律不谐而不使句弱"。他的不谐律是有讲究的，方东树就说他"于音节尤别创一种兀傲奇崛之响，其神气即随此以见"。在这一点上，他也学习杜甫。杜甫首创拗律，如"落花游丝白日静，鸣鸠乳燕青春深"，"有时自发钟磬响，落日更见渔樵人"等句，从拗折之中见波峭之致。黄庭坚推而广之，于当用平字处往往易以仄字，如"只今满坐且尊酒，后夜此堂空月明"、"黄流不解涴明月，碧树为我生凉秋"、"清谈落笔一万字，白眼举觞三百杯"等，都句法拗峭而音响新异，具有特殊的韵味。这首《寄黄几复》亦然。"持家"句两平五仄，"治病"句也顺中带拗，其兀傲的句法与奇峭的音响，正有助于表现黄几复廉洁干练、刚正不阿的性格。

黄庭坚与黄几复交情很深，为他写过不少诗，如《留几复饮》《再留几复饮》《赠别几复》等。这首《寄黄几复》，称赞黄几复廉正、干练、好学，而对其垂老沉沦的处境，深表惋惜。情真意厚，感人至深。而在好用书卷、以故为新、运古于律、拗折波峭等方面，又都表现出黄诗的特色，可视为黄庭坚的代表作。

咫尺有万里之势

　　三万里河东入海，五千仞岳上摩天。

　　遗民泪尽胡尘里，南望王师又一年。

　　明清之际进步思想家王夫之对于诗歌艺术颇多会心之论，他曾以小幅绘画为喻，揭示绝句短诗含蕴深广意境的特点，是很有启发性的。其说见《薑斋诗话》卷二：

　　论画者曰："咫尺有万里之势。"一

"势"字宜着眼。若不论势，则缩万里于咫尺，直是《广舆记》前一天下图耳。五言绝句，以此为落想时第一义。唯盛唐人能得其妙，如："君家住何处？妾住在横塘。停船暂借问，或恐是同乡。"墨气所射，四表无穷，无字处皆其意也。

在方尺的画幅中，收摄万里的风光，决不是将山河城郭按比例缩小而罗列于纸上。艺术作品塑造了生动的典型形象，可以引起丰富的联想，虽着墨不多，而意境

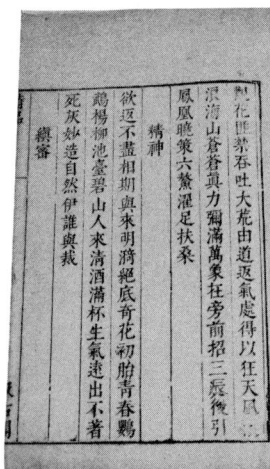

汲古阁本《二十四诗品》书影

则浩无涯际，颇难以道里计。

不过王夫之认为只有盛唐绝句能得意余言外的妙境，则未必尽然。他所举崔颢《长干行》，含情脉脉，蕴藉有致，实为诗意之一境，如司空图《诗品·含蓄》标举的"不着一字，尽得风流"。前人论诗歌意境的，常常向往于这种境界。清王士禛崇尚"天外数峰，略有笔墨，意在笔墨之外"（《蚕尾续文》），便是例子。然而，我们还可以看到，别有一种凌云健笔、龙腾虎跃于尺幅之上，而气吞万里，有如司空图所云"真体内充"、"积健为雄"、"具备万物，横绝太空"（《诗品·雄浑》）的风概，一般出于长篇歌行或律句，而宋代陆游的《秋夜将晓出篱门迎凉有感之二》也深得其妙。此诗仍属绝句，其为咫尺有万里之势，与崔颢《长干行》相比照，似乎更当得起"墨光四射，四表无穷"的崇高评价。

陆游是南宋爱国诗人，面临祖国分裂的剧变时代，早怀报国大志，中年从军西南，壮阔的现实世界、热烈的战地生活，使他的诗歌境界大为开阔。正如他的《示子遹》所追忆的"中年始少悟，渐欲窥宏大"；《九月一

北宋范中
立轴山行旅
图
范中立

宋·范宽《溪山行旅图》

日夜读诗稿有感走笔作歌》所自述的"诗家三昧忽见前，屈贾在眼元历历。天机云锦用在我，剪裁妙处非刀尺"。浩气吐虹霓，壮怀郁云霞，自然不是那些玩弄半吞半吐雕虫小技者能望及了。他晚年退居山阴，而志气不衰，铁马冰河，时时入梦，"老骥伏枥，志在千里"，对中原沦丧的无限愤慨，对广大民众命运的无限关切，对南宋统治集团苟安误国的无限痛恨，在这首七绝四句中尽情地倾吐出来。

"河"，指黄河，哺育中华民族的母亲;岳，指东岳泰山、中岳嵩山、西岳华山等立地擎天的峰柱。巍巍高山，上接青冥;滔滔大河，奔流入海。两句一横一纵，北方中原半个中国的形胜，鲜明突兀、苍莽无垠地展现在我们眼前。奇伟壮丽的山河，标志着祖国的可爱，象征着民众的坚强不屈，已给读者以丰富的联想。然而，如此的山河，如此的人民，却长期以来沦陷在金朝贵族铁蹄蹂躏之下，下两句笔锋一转，顿觉风云突起，诗境向更深远的方向开拓。"泪尽"一词，千回万转，中原广大人民受到压迫的沉重，经受折磨历程的长久，企望恢复信念

的坚定不移与迫切，都充分表达出来了。他们年年岁岁
盼望着南宋能够出师北伐，可是岁岁年年此愿落空。当然，
他们还是不断地盼望下去。人民的爱国热忱真如压在地
下的跳荡火苗，历久愈炽；而南宋统治集团则正醉生梦
死于西子湖畔，把大好河山、国恨家仇丢在脑后，可谓
心死久矣，又是多么可叹！后一层意思，在诗中虽未明
言点破，强烈的批判精神则跃然可见。

王夫之《薑斋诗话》卷一有云："以乐景写哀，以
哀景写乐，一倍增其哀乐。"指出了对立情景的辩证交
融，可以成倍地增强艺术感染力量。陆游这首诗，用歌
颂高山大河的奇观美景来衬托神州陆沉的悲痛，抒发广
大民众的情真意切来讽刺统治者的麻木不仁；将时代社
会的矛盾冲突，既全面深刻地揭露，又高度集中地概括
于二十八字之中。理想与现实，热爱与深愤，交织辉映，
所给予人们的启示超越了时间与空间的范畴，又哪里是
"百年""万里"所能限量呢？这种恢弘壮阔的境界，在
盛唐绝句中还不多见，却于中唐以至宋代诗人笔下不断
有所开辟，是值得我们特殊注意与珍重的。

黄遵宪政治思想的演变

——从集外佚诗《侠客行》谈起

钱仲联

忽而大笑冠缨绝[1]，忽而大哭继以血[2]。大笑者何为？笑我鼎镬甘如饴。大哭者何为？哭尔众生长沉苦海无已时。吁嗟！笑亦何奇，哭亦何奇，胸中块垒

---

[1] 《史记·滑稽列传》："淳于髡仰天大笑，冠缨索绝。"冠缨索绝：帽带子迸断。

[2] 《说苑》："蔡威公泣三昼夜，泪尽继之以血，曰：吾国且亡。"

当告谁①？平生胸吞路易十四十八九②，挟山手段要为荆轲匕首张良椎③。仗剑报仇不惜死，千辛万挫终不移。致命何从容，宁作可怜虫？岁寒知松柏，劲草扶颓风。君不见当今老学狂涛何轰轰④，国魂消尽兵魂空。安得人人誓洒铁血红，拔出四亿同胞黑暗地狱中。

　　黄遵宪是晚清诗界革命的旗手，同时又是卓越的外交家、启蒙思想家、教育家，特别是他在戊戌变法时期，于湖南推行新政，成效卓著，是资产阶级改良派的杰出人物。然而，他的一生，是随时代之前进而前进的，从中年的参加维新变法以至晚年逐步倾向资产阶级民主革命。他在三十岁随使日本时，"日本民权之说正盛，初闻颇惊怪，既而取卢梭、孟德斯鸠之说读之，心志为之一

---

① 《世说新语·任诞》："王大曰：阮籍胸中垒块，故须酒浇之。"块垒："垒块"之倒文，心中郁结不平。

② 路易十四：16世纪法兰西君王，在位72年之久，时称为"路易十四之世纪"。司马相如《子虚赋》："吞若云梦者八九，其于胸中，曾不蒂芥。"

③ 《孟子·梁惠王上》："挟太山以超北海。"荆轲持匕首入秦刺秦王，见《史记·刺客列传》。张良于博浪沙中以椎伏击秦始皇，未中，见《史记·留侯世家》。

④ 老学：老子之道。

变，知太平世必在民主也"（《新民丛报》载黄氏《壬寅论学笺》）。可见其对民主的认识，起步是很早的。不过，在后来的政治实践中，他还是主张渐进，从事于维新变法运动。变法运动失败，自身几险不测，被放逐回乡，从事教育，启发民智，而其心一日未尝忘政治，一日未尝忘挽救垂危的国运。当民主革命浪潮掀起以后，他盱衡时世，逐步向往并同情革命，五十五岁家居时与梁启超书，便说："再阅数年，加富尔（意大利的宰相）变而为玛志尼（意大利的革命家），吾亦不敢知也。"（遵宪从弟遵庚录示我的信稿，载拙撰《黄公度先生年谱》光绪二十八年项下）最近，我从苏州大学图书馆所藏《广益丛报》分类合订本中，发现黄氏集外佚诗《侠客行》一首。此诗不载于《人境庐集外诗辑》。国内各图书馆收藏著录的《广益丛报》，人都残缺不全，此诗只是苏大图书馆合订本中有之。合订本亦非全套，已经把各期合并分类重订，又不标明原来的期数。书目卡上则有"光绪"二字，该丛报发行于光绪年代，延伸到以后，但从1906年（光绪三十二年）以后，即不载黄氏和梁启超的诗，黄氏卒于

1905年（光绪三十一年）二月二十三日，可以推知此诗大致在逝世前不久所写。是年维新变法运动人物熊希龄曾以"吾党方针，将来大计"函商于遵宪，正月十八日，遵宪致书梁启超，谓"熊罴男子（指希龄，遵宪《怀人诗》有"熊罴男子凤皇人"之句）渠意颇以革命为不然者，然今日当道，实已绝望，吾辈终不能视死不救。吾以为当避其名而行其实"（载黄遵庚藏遵宪与梁启超信稿，遵庚录示余，拙撰《黄公度先生年谱》光绪三十一年项下引此）。这里，遵宪明白指出："今日当道，实已绝望，吾辈终不能视死不救。"而不同意熊希龄的维新派老观点。"避其名"当然是一种策略。《侠客行》正是遵宪这种思想的最好证明。

我们不妨结合黄遵宪晚年思想和革命形势以剖视此诗。诗中说胸吞路易，是借外国故事表达目无清朝皇帝并欲吞灭之的抱负，是正月十八日致梁启超书所云"今日当道，实已绝望""避首击尾"的进一步发展。通过侠客形象，表示自己向往刺击秦王的荆轲、张良，这与当时革命浪潮的掀起有关。光绪二十六年，兴中会郑士良在惠州发动起义失败，史坚如在广州响应，炸两广总督衙门，被捕牺牲。光绪二十九年，兴中会谢缵泰、李纪堂与洪全福等组织广州起义，失败。光绪三十年九月十五日，黄兴、马福益等筹划长沙起义，事泄失败。光绪三十一年一月十二日，许雪霜等在潮州谋起义，失败。这种"击尾"的事实，目的仍在于击首，也正是诗中荆轲、张良行动的影射。千辛万苦，其志不移，既是写革命志士的坚韧不拔，也是遵宪自戊戌变法失败回乡以来，"愈益挫折，愈益艰危，而吾志乃益坚。盖蒿目时艰，横揽人材，有无佛称尊之想，益有舍我其谁之叹"，"早夜奋励，务养无畏之精神，求舍生之学术，一有机会，投袂起矣。尽吾力为之，成败利钝不计也"（黄遵庚藏遵宪与梁启超信稿，拙撰《黄公度先生年谱》光绪二十八年项下引）的自我表白。"老学狂涛"，嘲讽当时消极自全的人们，即遵宪致梁启超书中所指斥：曾国藩"善处功名之际，乃专用黄老。其外交政略，务以保守为义""事事皆不可师"（《黄公度先生年谱》光绪二十八年项下）。曾氏衣钵，上有所承，而后亦有所继，即黄氏在五十五岁时与梁启超书所云："二百余年……蒀儒成风，以明哲保身为要，以无事自扰为戒，父兄之教子弟，师长之训后进，兢兢然申明此意，浸淫于民心者至深。"（《黄公度先生年谱》光绪二十年项下）"老学狂涛"是因，"国魂消尽兵魂空"是果。最后二句，卒章显志，呼唤风雷，石破天惊。黄氏在五十五岁时尚云："至于议院之开设，……以为今日尚早今日尚早也。""使群治治明而民智开，民气昌，然后可进以民权之说。"（同上）而才隔三年，思想跃进到要求"人人誓洒铁血红"，起来拯救国运。说"人人"，思想境界，已拓展到对革命非少数人效法荆轲、张良所能成功，必须人人行动起来的认识。云"誓洒铁血红"，意味着革命必须自觉，必须抛头颅洒热血，武装推翻封建政权，而后"拔出四亿同胞黑暗地狱中"之目的可达。由此可以看到黄氏倾向玛志尼式的民主革命，由"未可知"而进一步要贯彻其"吾辈终不能视死不救"的话了。

从这首诗中，可以窥察到黄遵宪晚年政治思想逐渐演变到与当时民主革命派反清活动同步进行的脉搏。这样说，似乎不算过当。